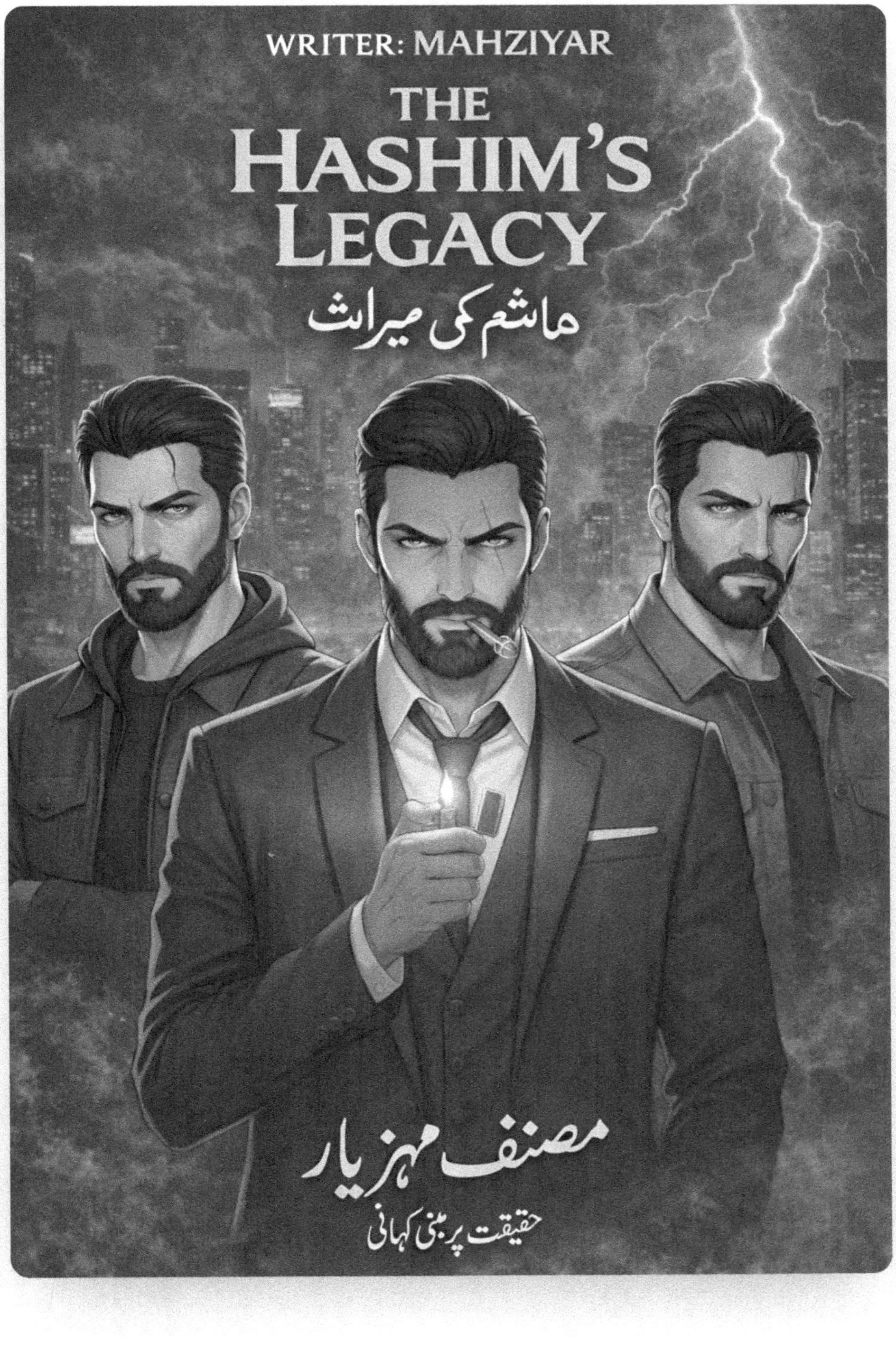
WRITER: MAHZIYAR
THE
HASHIM'S
LEGACY
ہاشم کی میراث
مصنف مہزیار
حقیقت پر مبنی کہانی

The Hashim's Legacy ہاشم کی میراث

The Hashim's Legacy

ہاشم کی میراث

By: Maziyar Sadqyov

Genre: حقیقت پر مبنی کہانی True Story

Manga Novel مانگا ناول

About This Book

ہاشم کی میراث خاندان، وقار، دوہرا راز اور خاموش جنگیں... یہ داستان ہے اس انسان کی جو تقدیر سے لڑتا نہیں بلکہ اُسے اپنی مرضی کے مطابق ڈھال لیتا ہے۔ کیا آپ تیار ہیں اُس ورثے کا بوجھ اٹھانے کے لیے؟ مصنف: مہزیار انسانی نفسیات اور خاندانی رشتوں کے پیچیدہ جال کو الفاظ والی شکل دینے والے ایک ابھرتے ہوئے قلم کار، جن کی تحریروں میں معاشرے کے ان پہلوؤں کو چھوا گیا ہے جن پر اکثر خاموشی اختیار کر لی جاتی ہے۔ The Hashim's Legacy Family, honor, double secrets, and silent wars... This is the story of a man who does not fight destiny, but reshapes it according to his own will. Are you ready to carry the burden of such a legacy? Author: Mahziyar An emerging writer who gives words to the complex web of human psychology and family bonds, whose writings touch upon those aspects of society that are often met with silence.

Author: Maziyar Sadqyov

Genre: حقیقت پر مبنی کہانی True Story

Tags: Action, Romance Crime

Chapters: 50

Published: 1/14/2026

Table of Contents

Chapter 1: آخری لقمہ اور لہو رنگ دیوار

Chapter 2: خاکِ شفا: حشام کی امانت

Chapter 3: میراثِ ہخامنشی مادرانہ عزم اور فارسی حکمت

Chapter 4: باکو کے مینار اور خاندانی وقار

Chapter 5: باکو کی فتح اور سگریٹ کے دھوئیں میں چھپی تدبیر

Chapter 6: باکو کی عید اور آرزان کی نئی آفت

Chapter 7: ہخمانشی برادرز کا کالج میں پہلا قدم

Chapter 8: پہچان کی جنگ اور پہلی تقریر (تازہ ترین)

Chapter 9: منظر: لاء کالج ہخامنشی اتحاد، آرزان کی 'اُستادی' اور نئے یار کا کیفے ٹیریا – دن کا وقت

Chapter 10: لائبریری کا محاذ اور ہخامنشی غیرت

Chapter 11: : سن 2019: ہخامنشی کونسل کا ظہور

Chapter 12: آذری لباس اور ہخمانشیوں کی للکار

Chapter 13: ہخمانشیوں کی شاہی ضیافت اور ارزان کی جگت بازی

Chapter 14: سٹی لاء کالج باکو کا نیا دستور

Chapter 15: نئے طلباء کہ لئے خوش آمدید ہخمانشی برادری کہ جانب سے

Chapter 16: باکو سے باہر کی شاہراہ – رات کا وقت

Chapter 17: مقام: ہخامنشی حویلی – ہاشم کا کمرہ

Chapter 18: باکو لاء کالج – کیفے ٹیریا کا بیرونی منظر

Chapter 19: پندرا دن بعد شیر کی واپسی قہر و مرہم

Chapter 20: نخرے اور ایک شیر کی معصومانہ مسکراہٹ

Chapter 21: بھتیجے کا داخلہ اور ہاشم کا امتحان

Chapter 22: "حویلی کی دیواریں اور میخانچیوں کا زہریلا ماضی

Chapter 23: غیرت، آنسو اور قہقہے

Chapter 24: "ستارہ سٹی میں تین بندر اور حسن کا لشکارہ"

Chapter 25: ستارہ سٹی کا دنگل اور سیلفی والی سرکار

Chapter 26: بڑے بھائیوں کی تشویش اور ہاشم کی رنگینیاں

Chapter 27: ماں کی ممتا ہاشم کی شرارتیں

Chapter 28: میسا کا ڈجیٹل حملہ ہاشم کی شامتِ اعمال

Chapter 29: رکی ہوئی تسبیح اور بھاگتے ہوے قدم

Chapter 30: محبت کا خمار اور پندرہ دن کی جدائ

Chapter 31: ایک سال کی مسافت، اور محبت کا جنون

Chapter 32: میسا کا نیا فیصلہ اور ہاشم کی حیرت

Chapter 33: میسا کی نئی اڑان اور ہاشم کی سرپرستی

Chapter 34: مئی کی تپش اور تلخ جملوں کا ٹکراؤ

Chapter 35: آنکھ کا نم، دل کا غبار اور محبت کی ہار

Chapter 36: اکتوبر کی سرد ہوا اور مستقبل کے دھندلے خواب

Chapter 37: میسا کی غیر موجودگی اور ہاشم کا سفرِ ہجرت

Chapter 38: شیر کا بکھرنا اور اکتوبر کا نوحہ

Chapter 39: منافقت کا داغ اور ٹوٹا ہوا مان

Chapter 40: منافقت کا داغ اور ٹوٹا ہوا مان

Chapter 41: ونی کا جنم: ہاشم ولد حشام – ہاشم بخمانشی کا آخری فیصلہ

Chapter 42: شطرنج کی بساط اور عزت کا جنازہ

Chapter 43: الزام، رسوائی اور ٹوٹا ہوا مان

Chapter 44: خاموش فیصلے اور ٹوٹتی دیواریں

Chapter 45: وہ سال جو کسی نے نہیں دیکھا

Chapter 46: کھنڈرات کا جائزہ اور ہاشم کے نئے اصول

Chapter 47: کاغذی کارروائی

Chapter 48: انتظار کا جنازہ

Chapter 49: کٹہرے میں خاموشی

Chapter 50: عدالتی فیصلے کے بعد

Chapter 1

آخری لقمہ اور لہو رنگ دیوار

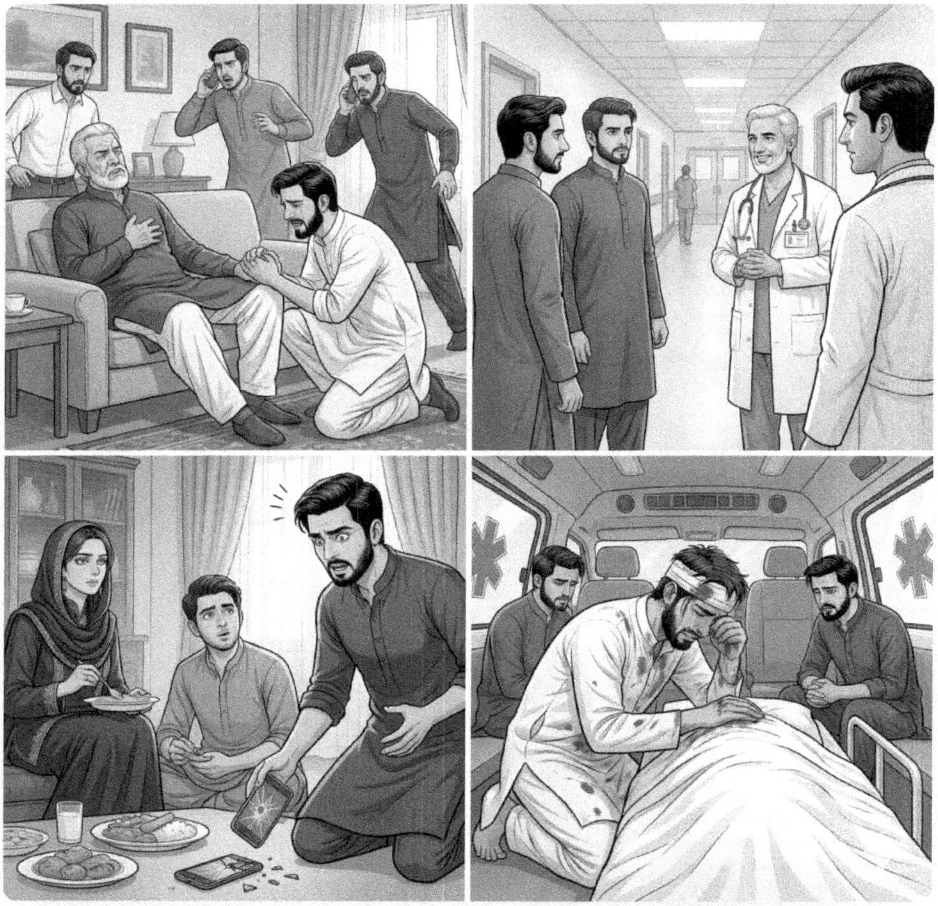

Figure 1.1

سرد ہواؤں والی ایک اداس صبح تھی۔

گھر میں اچانک چیخ و پکار مچ گئی۔

ہاشم کی آنکھ کھلی تو اس نے دیکھا کہ صحن میں قیامت برپا ہے۔

بابا، حشام صاحب، صوفے پر نڈھال پڑے تھے۔ ایک ہاتھ دل پر رکھا ہوا تھا اور ماتھے پر ٹھنڈا پسینہ چمک رہا تھا۔

بڑے بھائی ایلدار، ایلمار اور الخان بدحواسی میں گاڑی نکال رہے تھے۔

ہاشم ننگے پاؤں ہی گاڑی کی طرف دوڑ پڑا۔

وہ اپنے بھائی شاہان کے ساتھ پچھلی نشست پر بیٹھا تھا اور بابا کا سر اس کی گود میں تھا۔

ہاشم روتے ہوئے بولا:

بابا، آنکھیں کھولیں… دیکھیں، میں ہاشم ہوں۔

بس ابھی ہسپتال پہنچ رہے ہیں۔

بابا نے ایک بار ہاشم کا ہاتھ دبایا،

جیسے خاموشی سے کہہ رہے ہوں: خیال رکھنا۔

ہسپتال کے سفید اور سرد راہداریوں میں گھنٹوں انتظار کے بعد ڈاکٹر باہر آیا۔

اس نے ایلدار کے کندھے پر ہاتھ رکھا اور مسکرا کر بولا کہ حشام صاحب خطرے سے باہر ہیں، بس بلڈ پریشر کا مسئلہ تھا، شام تک انہیں گھر لے جایا جا سکتا ہے۔

ہاشم کے دل میں جیسے جان واپس آ گئی۔

ایلدار نے ہاشم اور شاہان سے کہا کہ تم دونوں گھر جاؤ، امی وہاں اکیلی رو رہی ہوں گی، بابا کو ہم لے آئیں گے۔

ہاشم نے کمرے کے شیشے سے بابا کو ایک نظر دیکھا۔

وہ سکون سے سو رہے تھے۔

اسے کیا خبر تھی کہ یہ نیند اب کبھی نہیں ٹوٹے گی۔

گھر پہنچ کر ہاشم نے امی کو حوصلہ دیا۔

صحن میں دھوپ پھیلی ہوئی تھی مگر ہوا میں ایک عجیب سی بے چینی بسی ہوئی تھی۔

ہاشم نے بھوک کی وجہ سے نہیں بلکہ امی کا دل رکھنے کے لیے کھانا نکالا۔

ہاشم نے کہا:

امی، دیکھیں بابا ٹھیک ہو گئے ہیں۔ ڈاکٹر نے کہا ہے شام کو آ جائیں گے۔

ہاشم نے سالن میں روٹی ڈبو کر ابھی پہلا لقمہ توڑا ہی تھا کہ شاہان کے موبائل کی گھنٹی بجی۔

شاہان نے فون اٹھایا اور کہا:

ہیلو... ایلدار بھائی؟

اچانک شاہان کے حلق سے ایسی آواز نکلی جیسے کسی نے اس کا دم گھونٹ دیا ہو۔

اس کا ہاتھ لرزا اور موبائل فرش پر گر کر ٹکڑے ٹکڑے ہو گیا۔

ہاشم کا لقمہ اس کے ہاتھ میں ہی رہ گیا۔

اس نے شاہان کی پھیلی ہوئی آنکھیں دیکھیں جن میں موت کا عکس لرز رہا تھا۔

ہاشم کے اندر سے ایسی چیخ نکلی جو انسان کی نہیں بلکہ کسی زخمی شیر کی تھی۔

نہیں!

میرے بابا جھوٹ نہیں بول سکتے!

انہوں نے وعدہ کیا تھا!

وہ دیوانہ وار صحن کی اس دیوار کی طرف بھاگا جس کے سائے میں بابا بیٹھا کرتے تھے۔

اس نے پوری قوت سے اپنا سر دیوار پر مارنا شروع کر دیا۔

پہلی بار ماتھے سے خون پھوٹ پڑا اور وہ چیخا:

بابا، کیوں گئے!

دوسری بار دیوار پر خون کے نشان پھیل گئے اور اس کے منہ سے نکلا:

مجھے بھی ساتھ لے جاتے!

وہ اپنے سر کو پتھر کی طرح دیوار پر پٹختا رہا۔

شاہان اسے روکنے کی کوشش کرتا رہا مگر اس وقت ہاشم قابو میں نہیں تھا۔

اس کا پورا چہرہ اور سفید کرتا خون سے سرخ ہو چکا تھا۔

کچھ دیر بعد گلی میں سائرن کی آواز گونجی۔

ایمبولینس کا پچھلا دروازہ کھلا۔

وہی بابا جو صبح اپنے قدموں پر چل کر گئے تھے، اب سفید کفن میں لپٹے ہوئے تھے۔

ایلدار، ایلمار اور الخان کے کندھے غم کے بوجھ سے جھکے ہوئے تھے۔

ہاشم خون میں لت پت حالت میں ایمبولینس کے اندر جا گھسا۔

اس نے بابا کے ٹھنڈے ماتھے پر اپنا زخمی سر رکھ دیا اور دھاڑیں مار مار کر رونے لگا۔

بابا...

دیکھیں آپ کا ہاشم لہو لہان ہو گیا ہے۔

اب تو اٹھ کر مجھے گلے لگا لیں۔

اب تو مجھے ڈانٹیں کہ میں نے خود کو کیوں زخمی کیا۔

اس کالی دوپہر نے ہاشم سے اس کا خدا چھین لیا تھا۔

وہ لڑکا جس کا لقمہ اس کے ہاتھ میں رہ گیا تھا،

اب کبھی وہ پہلا والا ہاشم نہیں بن سکے گا۔

Chapter 2

خاکِ شفا: حشام کی امانت

Figure 2.1

قبرستان میں انسانوں کا ایک سمندر اُمڈ آیا تھا۔

علاقے کے معززین، سفید ریش بزرگ، نوجوان، کسان اور مزدور—سب موجود تھے۔

حشام صاحب کی افسری کا رعب اور زمینداری کی سخاوت آج لوگوں کی آنکھوں کے آنسوؤں میں ڈھل چکی تھی۔

یہ ہجوم کسی عہدے کو نہیں، ایک کردار کو رخصت کرنے آیا تھا۔

ایلدار، ایلمار اور الخان سادہ سفید اور گہرے رنگ کے کرتے پہنے کھڑے تھے۔

چہرے غم سے بوجھل تھے، مگر آنکھوں میں وہی وقار جھلک رہا تھا جو ان کے باپ کی پہچان تھا۔

غم نے انہیں توڑ نہیں دیا تھا، بلکہ اور سیدھا کر دیا تھا۔

ہاشم، جس کے ماتھے پر بندھی سفید پٹی اب مٹی سے اَٹ چکی تھی،

اپنے بھائیوں کے درمیان اس طرح کھڑا تھا

جیسے کوئی ٹوٹا ہوا ستارہ

جو ابھی مکمل طور پر بجھا نہ ہو۔

ایلدار نے مٹی جھاڑتے ہوئے ہاشم کے سر پر ہاتھ رکھا۔

اس کی آواز بھری ہوئی تھی، مگر لہجے میں کمزوری نہیں تھی۔

ہاشم،

آج ہم نے صرف ایک باپ نہیں،

اپنا مان دفن کیا ہے۔

بابا نے اپنی پوری زندگی ایک بڑے عہدے پر گزاری،

مگر ان کا دامن ہمیشہ صاف رہا۔

یہ جو مٹی ہم نے ان پر ڈالی ہے،

یہ گواہی دے گی کہ حشام صاحب نے کبھی کسی غریب کی زمین پر نظر نہیں ڈالی۔

ہمیں اسی شرافت کو زندہ رکھنا ہے۔

ایلمار قبر کے سرہانے کھڑا ہوا۔

اس نے ہاشم کی طرف دیکھا اور ٹھہرے ہوئے لہجے میں بولا:

دیکھو ہاشم،

یہ سب لوگ جو یہاں آئے ہیں،

یہ بابا کے منصب کو نہیں،

ان کے کردار کو سلام کرنے آئے ہیں۔

ہم وکالت ضرور کریں گے،

مگر ہماری اصل پہچان

حشام صاحب کا خون ہونا ہے۔

ہم قانون اس لیے سیکھیں گے

تاکہ اس زمین پر

اور اس نام پر

کبھی کوئی آنچ نہ آنے دیں۔

ہاشم خاموش کھڑا سب دیکھتا رہا۔

اس نے محسوس کیا

کہ اس کے بھائی کتنے سادہ،

مگر کتنے پُر وقار لگ رہے تھے۔

اسے پہلی بار سمجھ آیا

کہ اصل طاقت نہ عہدے میں ہوتی ہے

اور نہ لباس میں،

بلکہ اس نام میں ہوتی ہے

جو باپ اپنی زندگی سے کماتا ہے۔

اسی لمحے

ہاشم نے دل ہی دل میں عہد کر لیا

کہ وہ بھی قانون کا علم حاصل کرے گا،

تاکہ اپنی زمین،

اپنے خاندان

اور اپنے باپ کے وقار کا محافظ بن سکے۔

وہ اداس شام،

جب سورج آہستہ آہستہ ڈوب رہا تھا،

ہاشم کی زندگی کا سب سے بڑا سبق اپنے ساتھ لے آئی۔

باپ کی تدفین نے اسے یہ سکھا دیا

کہ جب مٹی کی محبت

اور قانون کی طاقت

ایک ساتھ کھڑی ہو جائیں،

تو کوئی دشمن

راستہ نہیں روک سکتا۔

دو ہزار اٹھارہ

ہاشم کے بچپن کی موت

اور

ایک وارث کی پیدائش کا سال بن گیا۔

Chapter 3

میراثِ ہخامنشی مادرانہ عزم اور فارسی حکمت

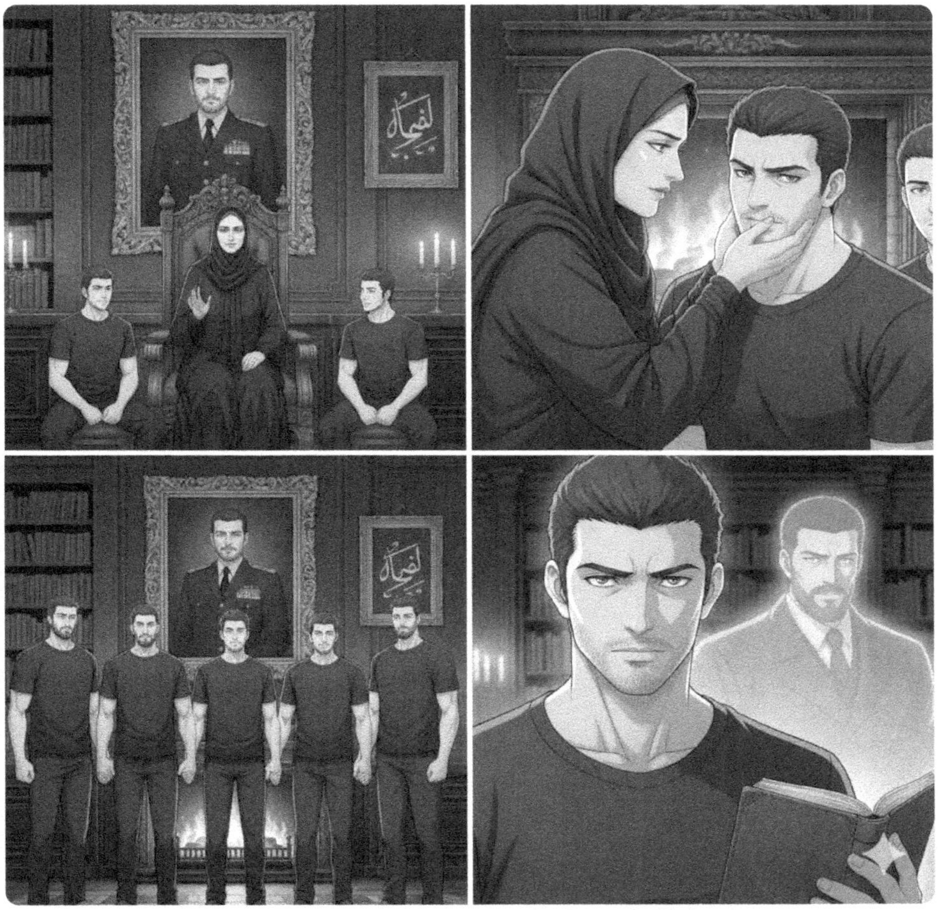

Figure 3.1

منظر: حشام حویلی، باکو – رات کا وقت

والدہ نے اپنے بیٹوں کو اپنے گرد بٹھایا۔ کمرے میں لگی آتش دان کی آگ دہک رہی تھی۔ انہوں نے ہاشم اور شاہان کی آنکھوں میں جھانک کر فارسی کا یہ مصرعہ پڑھا:

"ہمتِ مرداں، مددِ خدا"

(مردوں کی ہمت ہو تو اللہ کی مدد شاملِ حال ہوتی ہے۔)

پھر اپنی گفتگو کا آغاز ان دمدار اقوال سے کیا:

پہلا قول (اصالت اور خون پر):

والدہ نے رعب سے کہا: "بیٹا! تم اس درخت کی شاخیں ہو جس کی جڑیں بہت گہری ہیں۔ یاد رکھنا:

'بزرگی بہ عقل است نہ بہ سال'

(بزرگی عقل سے ہوتی ہے، عمر سے نہیں۔) تمہارے والد نے تمہیں عقل اور وقار کا ورثہ دیا ہے، اسے ضائع مت ہونے دینا۔"

دوسرا قول (میدانِ جنگ اور وراثت پر):

ہاشم کے ماتھے کو چوم کر بولیں: "میرے شیر! وکیل کا قلم تلوار سے زیادہ تیز ہوتا ہے۔ فارسی میں کہتے ہیں:

'جوہرِ مَرد در ہُنرِ اوست'

تمہارا ہنر تمہارا علم اور تمہاری زبان ہے۔ (مرد کا جوہر اس کے ہنر میں پوشیدہ ہے۔) اسے حق کے لیے استعمال کرنا۔"

تیسرا قول (اتحاد اور طاقت پر):

سب بھائیوں کے ہاتھوں کو جوڑتے ہوئے فرمایا: "اگر تم الگ ہوئے تو مٹ جاؤ گے۔ ہمیشہ یاد رکھنا:

'یک دست را صدائے نیست'

تم پانچوں جب تک ایک ہو، باکو کا کوئی جج یا (ایک ہاتھ سے تالی نہیں بجتی۔) وکیل تمہارے سامنے کھڑا نہیں ہو سکے گا۔"

چوتھا قول (خاندانی رعب پر):

آخر میں انہوں نے حشام صاحب کی تصویر کی طرف اشارہ کیا:

"تمہارا نام بخمانشی اب تمہاری پہچان ہے۔ دنیا کو دکھا

دو کہ:

'پسر کو ندارد نشاں از پدر'

(وہ بیٹا ہی کیا جس میں باپ کی کوئی نشانی نہ ہو۔) اپنے عمل سے ثابت کرو کہ تم حشام کے سچے وارث ہو۔

Chapter 4

باکو کے مینار اور خاندانی وقار

Figure 4.1

بحرِ خزر کی لہریں باکو کے ساحل سے ٹکرا رہی تھیں۔

ہاشم (انیس برس)، شاہان (بیس برس) اور آراز، جو ان کا بھتیجا تھا، اپنے خاندانی اپارٹمنٹ کی بالکونی میں کھڑے تھے۔

سامنے باکو کی جگمگاتی روشنیاں پھیلی ہوئی تھیں،

جو صرف ایک شہر کا حسن نہیں،

بلکہ ان کی اپنی وراثت کی خاموش گواہی دے رہی تھیں۔

آج رمضان المبارک کا مقدس چاند نمودار ہو چکا تھا۔

یہ والدِ گرامی، حشام صاحب، کی وفات کے بعد پہلا رمضان تھا

جب ان نوجوان کندھوں پر

اپنے خاندان کی سربراہی کا بوجھ

صاف محسوس ہو رہا تھا۔

آذربائیجان میں رمضان

ہمیشہ ایک خاص وقار اور ٹھہراؤ کے ساتھ آتا ہے۔

پہلی افطاری کے بعد

ہاشم اور اس کے بھائیوں نے

باکو کی تاریخی اور پرشکوہ

بی بی ہیبت مسجد کا رخ کیا۔

یہ وہی جگہ تھی

جہاں ان کے والدِ گرامی

انہیں بچپن میں ساتھ لایا کرتے تھے۔

مسجد کے بلند مینار

یوں ایستادہ تھے

—جیسے ان کے خاندان کی جڑیں

مضبوط، گہری

اور وقت کی سختیوں سے بے خوف۔

کافی دیر خاموشی رہی۔

پھر شاہان نے آہستہ سے

ہاشم کے کندھے پر ہاتھ رکھا

:اور دھیمے مگر پُر اثر لہجے میں کہا

،ہاشم

…دیکھو

،باکو کی یہ روشنیاں آج بھی وہی ہیں

مگر ان میں وہ چمک نہیں

جو والدِ گرامی کی موجودگی میں ہوا کرتی تھی۔

لیکن ہمیں اداس نہیں ہونا،

کیونکہ انہوں نے جو غیرت ہمیں دی ہے

وہ اب ہمارے لہجے میں بولتی ہے۔

ہاشم نے عقیدت سے

مسجد کے گنبد کی طرف دیکھا

اور گہری سانس لے کر بولا:

بے شک، شاہان بھائی۔

بابا جان نے ہمیں اس مٹی کی محبت سکھائی ہے۔

آج ہم قانون کے جس امتحان کی تیاری کر رہے ہیں،

وہ صرف ایک سند حاصل کرنے کا مرحلہ نہیں،

بلکہ اس طاقت تک پہنچنے کا راستہ ہے

جس کے ذریعے

ہم اپنے خاندان کے دشمنوں کو

منہ توڑ جواب دے سکیں گے۔

یہ وطن،

یہ زمینیں،

...اور یہ نام

ہمیں ہر قیمت پر محفوظ رکھنا ہے۔

آراز، جو خاموشی سے

ان دونوں کی باتیں سن رہا تھا،

اچانک مضبوط عزم کے ساتھ بولا:

والدِ گرامی کی میراث

اب ہم نوجوانوں کے ہاتھوں میں ہے۔

ایلدار بھائی اور الخان بھائی

عدالتوں میں محاذ سنبھالے ہوئے ہیں،

اور اب ہماری باری ہے

کہ ہم اس خاندان کی

نئی ڈھال بنیں۔

اسی لمحے

آرزان، ان کا وفادار دوست،

روایتی آذری چائے

ناشپاتی نما پیالوں میں

:ان کے سامنے رکھتے ہوئے بولا

تمہارے لہجے کا یہ جلال

صاف بتاتا ہے

کہ حشام صاحب کی تربیت

ضائع نہیں ہوئی۔

،ان شاء اللہ

یہ رمضان

تم تینوں کے لیے

فتح کی نوید بنے گا۔

Chapter 5

باکو کی فتح اور سگریٹ کے دھوئیں میں چھپی تدبیر

Figure 5.1

دسمبر ۲۰۱۹ کی یخ بستہ ہواؤں میں

ایک انجانی سی بے چینی گھلی ہوئی تھی۔

باکو کی سرد فضا

سانسوں میں اترتی

اور دلوں کے اضطراب کو

اور گہرا کر دیتی تھی۔

رمضان المبارک ۲۰۱۹

اپنے آخری عشرے میں داخل ہو چکا تھا۔

رحمت، مغفرت

اور قبولیت کے یہ دن

حویلی کی فضا پر

خاموشی سے سایہ کیے ہوئے تھے۔

مگر اس روحانی سکون کے ساتھ

ایک اور انتظار بھی تھا

جو سب کے دلوں کو تھامے ہوئے تھا۔

قانون کے داخلہ امتحان کے نتائج۔

حویلی کے بڑے کمرے میں

ایک طرف لکڑیوں کی گرم آگ

دھیمی آنچ پر دہک رہی تھی

اور دوسری طرف

،ہاشم (انیس برس)

شاہان (بیس برس)

اور آراز

ایک ہی سمت جھکے ہوئے

کھلی ہوئی برقی اسکرین پر

نظریں جمائے بیٹھے تھے۔

کمرے میں خاموشی تھی،

مگر

دلوں میں شور۔

دعا، خوف، امید

اور ذمہ داری

سب ایک ساتھ

سانس لے رہے تھے۔

اسی خاموشی کو

آرزان توڑ رہا تھا۔

وہ وفادار دوست

جو سنجیدگی کو

کبھی اپنے قریب نہیں آنے دیتا تھا،

ہاتھ میں چائے کی ٹرے لیے

کمرے میں آہستہ آہستہ

چکر کاٹ رہا تھا۔

وہ ہاشم کے قریب آیا

اور ہلکے سے

اس کے سر پر

چائے کا کپ ٹھونکتے ہوئے بولا:

وکیل صاحب!

اتنی یکسوئی تو

آج تک

تم نے کسی پر بھی

نہیں دکھائی ہوگی۔

اللہ کا شکر ہے

امتحان میں بیٹھ ہی گئے،

ورنہ کتاب دیکھ کر

تم تو ویسے ہی

بے ہوش ہو جاتے تھے۔

شاہان نے

گھور کر اسے دیکھا

تو آرزان فوراً پلٹا

اور ہنستے ہوئے بولا:

شاہان بھائی!

یہ آنکھوں میں

ابھی سے

فیصلہ سنانے والا غصہ

کیوں آ گیا؟

ذرا صبر کریں،

پہلے وکیل بن جائیں،

پھر مجھے بچائیے گا۔

ویسے بھی

میں نے آپ کے نام پر

محلے کی دکان سے

ادھار لے رکھا ہے۔

پھر اس کی نظر

آراز پر پڑی

جو خاموشی سے

سب کچھ دیکھ رہا تھا۔

آرزان نے

محبت سے

اس کے گال تھپتھپائے

اور بولا:

!میرے بچے آراز

تو تو بڑا ہی شریف نکلا۔

اگر وکیل بن گیا

تو میرے سارے گناہ

معاف کروا دینا۔

ویسے بھی

تیری شکل تو

فرشتوں جیسی ہے۔

وہ رکا نہیں۔

:قہقہہ لگاتے ہوئے بولا

مجھے تو ڈر یہ ہے

کہ اگر یہ تینوں

کامیاب نہ ہوئے

تو ایلدار بھائی

اور الخان بھائی

ان سے حویلی کے

برتن دھلوائیں گے

:اور کہیں گے

،بیٹا! وکیل بننے چلے تھے

اب برتن رگڑو۔

پھر آنکھ مارتے ہوئے بولا:

اور اگر وکیل بن گئے

تو میرا کام

بہت آسان ہو جائے گا۔

جو بھی الٹا سیدھا کام کروں گا

سیدھا آ کر کہوں گا:

میرے وکیل صاحب!

مجھے بچا لو،

آخر تمہارا ہی تو کھاتا ہوں۔

اچانک

اسکرین پر تحریر بدلی۔

ایک لمحے کے لیے

سانسیں رک گئیں۔

پھر آراز کی آواز

پورے گھر میں

گونج گئی:

ہم کامیاب ہو گئے ہیں!

ہم تینوں کامیاب ہو گئے ہیں!

آرزان کے ہاتھ سے

مٹھائی کا ڈبہ

چھوٹتے چھوٹتے بچا۔

وہ دیوانہ وار

بھاگتا ہوا

ایلدار اور الخان کے کمرے کی طرف لپکا

اور دروازہ پیٹتے ہوئے چلایا:

ایلدار بھائی!

الخان بھائی!

مبارک ہو!

آپ کے خاندان کی عزت

سلامت رہی!

ہاشم، شاہان اور آراز

تینوں کامیاب ہو گئے ہیں!

ایلدار اور الخان کے چہروں پر

ایک ٹھہری ہوئی

فاتحانہ مسکراہٹ ابھری،

وہی مسکراہٹ

جو کبھی

ان کے والدِ گرامی

حشام صاحب کے چہرے پر

دیکھی جاتی تھی۔

والدہ نے

اپنے بیٹوں

اور پوتے کو

سینے سے لگا لیا۔

ان کی آنکھوں میں آنسو تھے،

مگر یہ آنسو

غم کے نہیں،

بلکہ

فخر، سکون

اور

ایک نئے آغاز کے تھے۔

افطاری کے بعد

حویلی میں

ایک پرسکون خاموشی

پھیل گئی۔

ہاشم اور شاہان

حسبِ معمول

بالکونی میں آ کھڑے ہوئے۔

دسمبر ۲۰۱۹ کی

ٹھنڈی ہوا

ان کے چہروں کو

چھو رہی تھی۔

شاہان نے

سگریٹ کی ڈبیا نکالی،

ایک سگریٹ

ہاشم کو دیا

اور خود بھی

سلگا لیا۔

لائٹر کی لو میں

دونوں کے چہرے

ایک لمحے کو

روشن ہوئے۔

ہاشم نے

گہرا کش لے کر

دھواں فضا میں چھوڑتے ہوئے کہا:

شاہان بھائی،

یہ کامیابی تو مل گئی،

مگر اصل امتحان

تب ہو گا

جب ہم ان عدالتوں میں

کھڑے ہوں گے

جہاں کبھی

والدِ گرامی کی آواز

گونجتی تھی۔

شاہان نے

سگریٹ کی راکھ جھاڑتے ہوئے

دور باکو کی روشنیاں دیکھیں

اور آہستہ سے بولا:

بے شک، ہاشم۔

بابا جان نے جو وراثت چھوڑی ہے

ہمیں اسے صرف بچانا نہیں،

اسے اور مضبوط بنانا ہے۔

اب حشام خاندان کا نام

ایک بار پھر

یہاں کی عدالتوں میں

گونجے گا،

اور وہ بھی

ہماری آواز میں۔

تھوڑی دیر بعد

آراز بھی

بالکونی میں آ گیا۔

وہ خاموشی سے

اپنے چچا بھائیوں کو

سگریٹ کے دھوئیں میں

لپٹا دیکھتا رہا۔

وہ جانتا تھا

کہ یہ دھواں

محض سگریٹ کا نہیں،

بلکہ

ایک نئی تدبیر،

ایک نئے عزم

اور

ایک بڑے سفر کی ابتدا ہے۔

اندر سے

آرزان کی آواز آئی:

اوئے!

دھوئیں کے بادشاہو!

اندر آ جاؤ۔

افطاری کی مٹھائی کھا لو،

کہیں ایسا نہ ہو

وکیل بننے کے بعد

سگریٹ ہی چھوڑ دو!

Chapter 6

باکو کی عید اور آرزان کی نئی آفت

Figure 6.1

جون ۲۰۱۹ کی ایک روشن اور خوشگوار صبح تھی۔

رمضان المبارک کی رخصتی کے بعد

عیدالفطر کی تازگی

باکو کی فضا میں گھلی ہوئی تھی۔

حویلی کے صحن میں نصب فوارے کا پانی

سورج کی کرنوں میں چمک رہا تھا

اور ہر بوند

خوشی کی طرح اچھل رہی تھی۔

ہاشم (انیس برس)، شاہان (بیس برس) اور آراز

عیدالفطر کی نماز کے لیے

تیار کھڑے تھے۔

سفید آذری طرز کے کرتے

اور گہرے رنگ کی واسکٹ

ان کی شخصیت کو

وقار اور سنجیدگی عطا کر رہے تھے۔

وہ تینوں

رعب دار لگ رہے تھے،

ایسا رعب

جو صرف لباس سے نہیں

بلکہ

خاندانی نام

اور حالیہ کامیابیوں سے جنم لیتا ہے۔

مگر یہ رعب

زیادہ دیر قائم نہ رہ سکا۔

دروازہ کھلا

اور آرزان اندر داخل ہوا۔

،چہرے پر شرارت

آنکھوں میں چمک

اور لہجے میں

وہی پرانی شوخی۔

وہ ہاشم کے قریب آیا

:اور اس کی واسکٹ درست کرتے ہوئے بولا

!اوئے ہاشم

اتنے بن سنور کر کہاں کا ارادہ ہے؟

وکیل بن گئے ہو

تو کیا عیدالفطر کے دن

کسی بڑے صاحب کے گھر

رشتہ مانگنے جا رہے ہو؟

ویسے سچ بتاؤں

یہ لباس پہن کر

تم قانون دان کم

اور قوال زیادہ لگ رہے ہو۔

شاہان

آئینے کے سامنے

بال درست کر رہا تھا۔

آرزان نے اسے

اوپر سے نیچے تک دیکھا

اور فوراً بول اٹھا:

شاہان بھائی!

بس کیجیے،

اتنے حسین بن کر

کہیں باکو کی ساری لڑکیاں

آپ پر دل چوری کا مقدمہ نہ کر دیں۔

ویسے فکر نہ کریں،

آپ کا وکیل تو میں ہی ہوں،

مفت میں رہا کروا دوں گا۔

پھر وہ پلٹا

اور ایلدار اور الخان کے سامنے

دونوں ہاتھ پھیلا دیے:

بڑے بھائیو!

آپ کے تینوں چھوٹے بھائی

اب قانون جان گئے ہیں۔

اب یہ عیدی نہیں دیں گے،

فیس مانگیں گے۔

اس لیے اس غریب آرزان پر رحم کریں

اور عیدی عنایت کریں،

تاکہ میں باکو کے ساحل پر

اطمینان سے کباب کھا سکوں۔

اس کی نظر آراز پر پڑی

تو مسکرا کر بولا:

بھتیجے!

تو تو ابھی بچہ ہے۔

اپنی عیدی مجھے دے دے،

میں اسے قانونی طریقے سے

دوگنا کر کے واپس دوں گا۔

بالکل ایسے

جیسے وکیل کیا کرتے ہیں۔

جب دسترخوان بچھا

تو آرزان نے

شکر بورا کا پورا تھال

اپنی طرف کھینچ لیا۔

ہنستے ہوئے بولا:

دیکھو بھائیو!

یہ مٹھائی نہیں ہے،

یہ وہ ثبوت ہے

جو میں نے ابھی برآمد کیا ہے۔

اور وکیل کا فرض ہوتا ہے

کہ وہ ثبوت کو

خود ہی ہضم کرے۔

نمازِ عیدالفطر کے بعد

حویلی مہمانوں سے بھر گئی۔

قہقہے،

دعائیں،

اور مبارک بادیں

ہر طرف بکھر گئیں۔

ہاشم اور شاہان

تھوڑی دیر کے لیے

چھت پر آ گئے۔

عید کی خوشی اپنی جگہ،

مگر ان کے دلوں میں

ایک گہری سنجیدگی بھی تھی۔

شاہان نے

سگریٹ سلگاتے ہوئے کہا:

ہاشم،

یہ عیدالفطر واقعی خاص ہے۔

کامیابی کی خوشی

اور والدہ کے چہرے کا یہ سکون...

یہ سب

والدِ گرامی کی دعا کا اثر ہے۔

ہاشم نے

گہرا کش لیا،

دھواں آسمان کی طرف چھوڑا

اور مسکرا کر بولا:

بالکل، شاہان بھائی۔

مگر آرزان کو دیکھیں،

اس نے عید کو بھی

تماشہ بنا دیا ہے۔

ویسے اچھا ہی ہے،

ورنہ ہم ہر وقت

قانون کی دفعات میں ہی الجھے رہتے۔

اسی لمحے

سیڑھیوں سے آرزان کی آواز آئی۔

وہ ہاتھ میں

پہلاوا کی پلیٹ لیے

اوپر چڑھتا آ رہا تھا:

اوئے!

تم دونوں یہاں بھی

دھوئیں کے بادل بنا رہے ہو؟

نیچے آ جاؤ،

ایلدار بھائی نے عیدی بانٹنا شروع کر دی ہے۔

کہیں ایسا نہ ہو

کہ تمہاری عیدی بھی

میں قانونی جرح میں

اپنے نا

م لکھوا لوں۔

چھت پر

ہنسی گونج اٹھی۔

جون ۲۰۱۹ کی یہ عیدالفطر

اس خاندان کے لیے

صرف خوشی کا دن نہیں تھی،

بلکہ

ایک نئے دور کی

خاموش، مضبوط

اور باوقار شروعات بھی تھی۔

Chapter 7

ہخمانشی برادرز کا کالج میں پہلا قدم

Figure 7.1

آذربائیجان — باکو

باکو پر بہار کی خنک ہوائیں

نرمی سے دستک دے رہی تھیں۔

مئی کا مہینہ

اپنی تازگی اور نئی شروعاتوں کے ساتھ

شہر کی فضا میں رچ بس چکا تھا۔

قانون کے کالج میں

نئے طلبہ کے تعلیمی سفر کا

پہلا دن تھا۔

کالج کا وسیع صحن

نوجوان چہروں سے بھرا ہوا تھا۔

کہیں جوش تھا،

کہیں جھجک،

کہیں بناوٹ،

اور کہیں خاموش سنجیدگی۔

انہی سب کے درمیان

جب تین نوجوان

کالج کے مرکزی دروازے سے

اندر داخل ہوئے

تو لمحہ بھر کے لیے

فضا جیسے ٹھہر سی گئی۔

یہ

ہاشم، شاہان اور آراز تھے۔

ہاشم بخمانشی

،اب صرف ایک نام نہیں رہا تھا

بلکہ ایک احساس بن چکا تھا۔

اس کے ماتھے پر

،ایک پرانا سا نشان تھا

جیسے کسی گزرے ہوئے تصادم کی

خاموش یاد۔

،اس نے سیاہ کوٹ

سفید قمیص

اور سیاہ پتلون پہن رکھی تھی۔

چہرے پر مختصر
مگر وقار سے بھری داڑھی
اور آنکھوں میں
گہری سنجیدگی تھی۔

اس کا ہر قدم
ٹھہرا ہوا،
ناپا تلا
اور پراعتماد تھا۔

شاہان اور آراز بھی
اسی وقار کے ساتھ
اس کے ہم قدم تھے۔
ان کے چہروں پر
نہ بے جا مسکراہٹ تھی
—نہ غیر ضروری بناوٹ
صرف خود اعتمادی
اور خاندانی رکھ رکھاؤ۔

کالج میں

ایسے طلبہ بھی موجود تھے

جو بااثر اور طاقتور گھرانوں

سے تعلق رکھتے تھے،

اور اپنی دھاک بٹھانے کے درپے تھے۔

مگر

جیسے ہی ہخمانشی بھائیوں نے

صحن میں قدم رکھا،

نظریں خودبخود

ان کی طرف اٹھ گئیں۔

ان کی چال،

ان کا انداز،

اور چہروں پر چھپا

نسلی وقار

انہیں عام طلبہ سے

بالکل جدا کر رہا تھا۔

آرزان،

ان کا دیرینہ دوست،

ہمیشہ کی طرح

ماحول کو ہلکا رکھنے کے ارادے سے

ان کے ساتھ ساتھ چل رہا تھا۔

وہ ہاشم کے قریب جھکا

اور دھیمی آواز میں بولا:

"اوئے وکیل صاحب!

یہاں ایسے چل رہے ہو

جیسے کوئی دربار سجا ہو۔

یہ سیاہ لباس

اور یہ گہری نظریں—

لگتا ہے

کالج نہیں

کسی فیصلے کی جگہ آ گئے ہو۔

اور یہ ماتھے کا نشان...

کسی پرانے معرکے کی یاد ہے

"یا آنے والے امتحان کی پیشگی وارننگ؟

ہاشم نے
ایک لمحے کے لیے
آرزان کو دیکھا،
پھر ہونٹوں پر
ہلکی سی مسکراہٹ آ گئی۔

"آرزان،
یہ نمائش کا مقام نہیں،
یہ امتحان کا میدان ہے۔
اور یہ نشان
مجھے یاد دلاتا ہے
کہ اب ہر قدم
سوچ سمجھ کر اٹھانا ہے۔"

شاہان نے
گردن موڑ کر
آس پاس کے طلبہ کو دیکھا

جو اب بھی

انہیں غور سے دیکھ رہے تھے۔

اس کے چہرے پر

ایک ٹھنڈی سی مسکراہٹ آئی۔

"ہاشم درست کہہ رہا ہے۔

یہاں بھی

ہمیں یہ ثابت کرنا ہو گا

کہ ہم

محض طالب علم نہیں،

ہخمانشی ہیں۔"

پہلی جماعت کا وقت

قریب آ چکا تھا۔

تینوں بھائی

اپنی سمت بڑھ گئے۔

کالج کی راہداریوں میں

خاموشی سے

یہ خبر پھیلنے لگی

کہ ہخمانشی خاندان کے نوجوان

آ چکے ہیں۔

یہ وہی نام تھا

جو کبھی عدالتوں میں

پورے وقار کے ساتھ

گونجتا تھا۔

اور اب

اسی نام کے وارث

قانون کی اس درس گاہ میں

اپنی نئی داستان

تحریر کرنے جا رہے تھے۔

ان کے چہروں پر

وہی عزم تھا

جو کبھی

ان کے والدِ گرامی

حشام صاحب

کی آنکھوں میں جھلکتا تھا۔

یہ آغاز تھا—

خاموش،

مگر بہت دور تک جانے والا۔

Chapter 8

پہچان کی جنگ اور پہلی تقریر (تازہ ترین)

Figure 8.1

منظر: باکو سٹی لاء کالج — جماعت

جماعت طلبہ سے

کھچا کھچ بھری ہوئی تھی۔

ہاشم، شاہان اور آراز

آخری نشستوں پر

اس ٹھہراؤ اور وقار کے ساتھ بیٹھے تھے

کہ بے اختیار

پوری جماعت کا دھیان

انہی کی جانب کھنچتا چلا آ رہا تھا۔

دروازہ کھلا۔

پروفیسر عثمانوف

جماعت میں داخل ہوئے۔

ایک تجربہ کار،

سخت مزاج

اور رعب دار استاد۔

ان کی گرجدار آواز نے

فضا میں پھیلی ہلکی ہلکی سرگوشیوں کو

ایک ہی لمحے میں خاموشی میں بدل دیا۔

انہوں نے

اپنے ہاتھ میں موجود

قانون کی موٹی کتاب

میز پر زور سے رکھ دی

اور نظریں گھماتے ہوئے بولے:

"صبح بخیر۔

میں پروفیسر عثمانوف ہوں۔

آج سے

تم سب کی زندگی کا

ایک نیا باب شروع ہو رہا ہے۔

یہ قانون کی دنیا ہے۔

یہاں صرف کتابیں کافی نہیں ہوتیں،

یہاں سب سے زیادہ

ہمت کی ضرورت ہوتی ہے۔"

ان کی نظریں

اچانک

ہاشم پر ٹھہر گئیں۔

ہاشم

اپنے مخصوص انداز میں

پرسکون بیٹھا تھا۔

پروفیسر عثمانوف بولے:

"تم!

آخری نشست والے لڑکے!

کیا نام ہے تمہارا؟

اور یہ داڑھی،

یہ سنجیدگی...

کیا پہلے ہی

وکیل بنے پھرتے ہو؟"

ہاشم نے

نہ جلدی کی

نہ گھبراہٹ دکھائی۔

پرسکون لہجے میں بولا:

"میرا نام

ہاشم بخامنشی ہے، سر۔

ہمارا خاندان

پچھلی کئی نسلوں سے

باکو میں

قانون کی خدمت کرتا آ رہا ہے۔

ہم یہاں

اپنے ورثے کو

"آگے بڑھانے آئے ہیں۔

اس جواب نے

پوری جماعت کو

حیرت میں ڈال دیا۔

ایک لمحے کے لیے

پروفیسر عثمانوف کے چہرے پر بھی

تعجب کے آثار نمودار ہوئے۔

اسی لمحے

دروازہ دوبارہ کھلا۔

پروفیسر الیگزینڈر

ہاتھ میں حاضری کا رجسٹر لیے

جماعت میں داخل ہوئے۔

انہوں نے

سب پر ایک نظر ڈالی

اور بولے:

"میں نے سنا ہے

کہ اس بار

باکو کے سب سے نڈر افسر

حشام صاحب کے وارث،

بخامنشی برادران

یہاں تشریف لائے ہیں۔

"کیا وہ آ چکے ہیں؟

پروفیسر عثمانوف نے

حیرت سے

ہاشم کی طرف دیکھا۔

ہاشم کے لبوں پر

ایک ہلکی،

پراسرار

مگر پراعتماد مسکراہٹ ابھری۔

وہ اپنی نشست سے اٹھ کھڑا ہوا۔

اس کے ماتھے پر موجود نشان

اور تراشی ہوئی داڑھی

اسے

کسی آزمودہ جنگجو کا روپ دے رہی تھی۔

پروفیسر الیگزینڈر

اس کی مسکراہٹ اور رعب دیکھ کر

پہچان گئے۔

بولے:

"آہ!

تو تم ہاشم بخامنشی ہو؟

تمہاری آنکھوں کا جلال

بتا رہا ہے

کہ تمہیں پہچاننے کے لیے

کسی تعارف کی ضرورت نہیں۔

تم خود

اپنی پہچان ہو۔"

انہوں نے

ہاشم کو

آگے آنے کا اشارہ کیا۔

ہاشم

ٹھہرے ہوئے قدموں کے ساتھ

ڈائس تک پہنچا۔

مائیک تھاما

اور پوری جماعت پر

ایک گہری نظر ڈالی۔

پھر بولنا شروع کیا:

"میرا نام ہاشم ہے۔"

اور میں یہاں

صرف قانون کی ڈگری لینے نہیں آیا۔

لوگ کہتے ہیں

کہ قانون اندھا ہوتا ہے،

مگر ہم یہاں

اس قانون کو

آنکھیں دینے آئے ہیں۔

میرا تعلق

اس خون سے ہے

جس نے کبھی

باطل کے سامنے

سر نہیں جھکایا۔"

اس نے

مٹھی بھینچی

اور بات جاری رکھی:

"یاد رکھنا!

یہاں بہت سے بااثر لوگ ہوں گے،

بہت سے طاقتور خاندان ہوں گے،

مگر قانون کی اس دنیا میں

بخامنشی نام

کسی تعارف کا محتاج نہیں رہے گا۔

ہم یہاں

انصاف خریدنے نہیں،

انصاف کرنے کے لیے

خود کو تیار کرنے آئے ہیں۔

جس کسی کو

ہمارے نام

یا ہمارے کام سے

کوئی مسئلہ ہو،

وہ

عدالت کے کٹہرے میں

ملنے کی تیاری کر لے۔"

ہاشم خاموش ہو گیا۔

جماعت میں

گہرا سناٹا چھا گیا۔

شاہان اور آراز نے

فخر سے

ایک دوسرے کی طرف دیکھا۔

پروفیسر الیگزینڈر

اور پروفیسر عثمانوف

دونوں کے چہروں پر

اطمینان بھری مسکراہٹ تھی۔

—وہ جان گئے تھے

حشام کا سچا وارث

اب میدان میں اتر چکا ہے۔

Chapter 9

ہخامنشی اتحاد، آرزان کی 'اُستادی' اور منظر: لاء کالج کا کیفے ٹیریا – دن نئے یار کا وقت

Figure 9.1

آرزان کالج کے کیفے ٹیریا میں

یوں کھڑا تھا

جیسے کسی اسٹیج پر

مائیکروفون ہاتھ میں ہو،

حالانکہ

وہاں مائیکروفون تھا ہی نہیں۔

وہ ایک میز پر چڑھا ہوا تھا

اور اس کی آواز

پورے ہال میں گونج رہی تھی۔

ہاتھ ہلا ہلا کر

وہ ایسا تاثر دے رہا تھا

جیسے ہاشم کی ساری عظمت

صرف اسی کی محنت کا نتیجہ ہو۔

آرزان

(جوشیلے اور ڈرامائی انداز میں):

"یاد رکھو لڑکو!

ہاشم صرف میرا شاگرد ہے۔

جب یہ بچہ تھا

تو میں نے ہی اسے سکھایا تھا

کہ میدانِ جنگ میں

شیر کی طرح

کیسے دھاڑا جاتا ہے۔

یہ جو آج

اس نے اسٹیج پر

تقریر کی ہے نا،

یہ سب

میرے ہی الفاظ تھے۔

بس میں نے اسے کہہ دیا تھا:

جا بیٹا!

آج بخامنشی کا رعب

دکھا دے!"

پوری جماعت

ہنسی سے لوٹ پوٹ ہو گئی۔

شاہان،

جو ہاشم کے ساتھ بیٹھا تھا،

سر پکڑ کر سوچ رہا تھا

کہ اس دوست کا

آخر انجام کیا ہو گا۔

اسی لمحے

کیفے ٹیریا کا

بھاری دروازہ کھلا۔

دو نوجوان

اندر داخل ہوئے۔

ان کی شخصیت

یوں فضا پر چھا گئی

کہ پورا ہال

خود بخود

خاموش ہوتا چلا گیا۔

چہرے پر سنجیدگی،

آنکھوں میں

ایک خاص چمک۔

وہ دونوں

ہاشم کو

اس کی تقریر کی وجہ سے پہچان چکے تھے،

مگر

آپس میں ایک دوسرے سے

ناواقف تھے۔

جہانگیر ہخامنشی

(جماعت کا نمائندہ):

وہ سیدھا

ہاشم کی میز کی طرف بڑھا۔

اس کی چال میں

ایک باوقار نمائندے کا اعتماد تھا۔

"ہاشم بخامنشی!

میں جہانگیر بخامنشی ہوں۔

تمہاری ہی جماعت کا نمائندہ۔

تمہاری تقریر نے

آج پورے کالج میں

ہلچل مچا دی ہے۔

میں بھی بخامنشی ہوں،

اور یہ خاندان

مجھے بھی

وراثت میں ملا ہے۔"

جہانگیر کی بات

ابھی ختم ہی ہوئی تھی

کہ ایک اور نوجوان

آگے بڑھا۔

مراد بخامنشی:

وہ جہانگیر سے

ذرا کم سنجیدہ

مگر زیادہ تیکھا تھا۔

اور میں"

مراد بخامنشی ہوں۔

ہاشم بھائی،

تمہاری تقریر میں

مجھے حشام صاحب کی

جھلک نظر آئی۔

میں بھی بخامنشی ہوں۔

میں نے سنا ہے

کہ اس خاندان کی جڑیں

باکو میں

بہت گہری ہیں،

اور میرا ماننا ہے

کہ اب وقت آ گیا ہے

کہ ان جڑوں کو

دوبارہ مضبوط کیا جائے۔"

جہانگیر اور مراد

ایک دوسرے کی طرف دیکھنے لگے۔

دونوں کے چہروں پر

حیرت تھی

کہ وہ اس سے پہلے

کبھی کیوں نہیں ملے۔

ہاشم نے

ان دونوں کی طرف دیکھا۔

اس کی آنکھوں میں

ایک نئی طاقت

چمکنے لگی۔

ہاشم

آہستہ سے)

(اپنی کرسی سے اٹھتے ہوئے:

"جہانگیر، مراد!

تو ہم سب

ایک ہی خون ہیں۔

یہ جان کر خوشی ہوئی

کہ کالج میں

ہم اکیلے نہیں۔"

اس نے

جہانگیر اور مراد

دونوں سے

مضبوطی سے ہاتھ ملایا۔

"اب سے

ہم صرف کزن نہیں،

ایک فوج ہیں۔

یہ کالج

صرف قانون کی تعلیم نہیں دے گا،

یہ

ہخامنشی نام کی

دھاک بٹھائے گا۔"

اسی لمحے

آرزان،

جو اب بھی

بغیر مائیکروفون

تقریر جاری رکھے ہوئے تھا،

ان تینوں کے قریب آ گیا۔

لچک دار آواز میں بولا:

"اوہو!

یہ بھی بخامنشی؟

!کیا بات ہے

لگتا ہے

استاد

(خود کی طرف اشارہ کرتے ہوئے)

کی تربیت

رنگ لا رہی ہے۔

ویسے

میں نے ہی تو

انہیں سکھایا تھا

کہ بڑے لوگوں سے

"کیسے ملا جاتا ہے۔

ہر چہرے پر

مسکراہٹ پھیل گئی۔

مگر

اس ہنسی کے پیچھے

ایک ایسا اتحاد

جنم لے چکا تھا

جو صرف کالج نہیں،

بلکہ

باکو کی قانون کی دنیا میں

ایک نیا باب

لکھنے والا تھا۔

Chapter 10

لائبریری کا محاذ اور بخامنشی غیرت

Figure 10.1

لاء کالج کی مرکزی لائبریری

خاموشی کا راج تھا۔

لمبی لکڑی کی میز کے گرد

بخامنشی برادران اور ان کے دوست

اکٹھے بیٹھے تھے۔

ایک طرف

جہانگیر اور مراد

اپنی فائلوں میں گم تھے۔

دوسری جانب

تیمور

(تالیش برادری سے تعلق رکھنے والا)

اور آراز

ہاشم کے ساتھ

کسی مقدمے کے نکات پر

سرگوشی میں بحث کر رہے تھے۔

اسی میز کے ایک کونے میں

ہاشم کا اٹھارہ سالہ بھتیجا

اراز

موبائل فون میں مگن بیٹھا تھا۔

اچانک

آراز کے منہ سے

ایک نازیبا لفظ

اونچی آواز میں نکل گیا۔

لائبریری میں بیٹھی

چند طالبات

ناپسندیدگی سے مڑ کر دیکھنے لگیں۔

ہاشم نے فوراً

نظریں اٹھائیں۔

اس کی آواز

دبی ہوئی

مگر شدید غصے سے بھری ہوئی تھی۔

ہاشم:

"آراز،

اپنی زبان کو لگام دو۔

تم بھول گئے ہو

کہ یہاں لڑکیاں بیٹھی ہیں؟

بخامنشی مرد

اپنی زبان

اور اپنے اخلاق سے

پہچانے جاتے ہیں۔"

آراز

سہم کر

خاموش ہو گیا۔

مگر

اسی لمحے

لائبریری کے دوسرے کونے سے

قہقہوں

اور بلند آواز گفتگو کی

آواز ابھری۔

وہ

سینئر طلبہ کا ایک گروہ تھا۔

ان کا لیڈر

بخت یار

جان بوجھ کر

ہاشم کے گروہ کی طرف دیکھتے ہوئے

بلند آواز میں بولا۔

بخت یار:

"لگتا ہے

کچھ نئے چوزے

یہاں اخلاقیات کا درس دینے آئے ہیں،

حالانکہ

خود گالی کے بغیر

سانس بھی نہیں لے سکتے۔"

ہاشم نے

آہستگی سے

کتاب بند کی۔

نظریں اٹھائیں

اور

براہِ راست

بخت یار کی آنکھوں میں دیکھ لیا۔

پوری لائبریری میں

سناٹا چھا گیا۔

ہاشم کی شخصیت

اب پوری طرح

بھرم میں آ چکی تھی۔

ہاشم:

"اخلاقیات کا درس

ان کے لیے ہوتا ہے

جو انسان ہوں۔

جانوروں کے لیے

صرف ڈنڈا کافی ہوتا ہے۔

اپنی آواز نیچی کرو۔

یہ لائبریری ہے،

"تمہاری بیٹھک نہیں۔

بخت یار

غصے سے بھڑک اٹھا۔

وہ اٹھا

اور باشم کی میز پر

زور سے ہاتھ مارا۔

"تم ہمیں سکھاؤ گے؟"

ابھی وہ جملہ

مکمل بھی نہ کر پایا تھا

کہ

جہانگیر،

مراد

اور تیمور

اپنی کرسیوں سے

ایک ساتھ کھڑے ہو گئے۔

آرزان نے

اپنی آستینیں چڑھائیں

اور آگے بڑھ کر بولا:

"اوئے!"

استاد

(ہاشم کی طرف اشارہ کرتے ہوئے)

نے پیار سے سمجھایا ہے۔

ورنہ

جو داؤ پیچ

میں نے اسے سکھائے ہیں،

وہ

"تم برداشت نہیں کر پاؤ گے۔

فضا

سخت ہو چکی تھی۔

بخت یار نے

زور سے سیٹی بجائی۔

راہداری سے

اس کے دس بارہ ساتھی

لائبریری میں گھس آئے۔

ایسا لگ رہا تھا

کہ اب

خون خرابہ ہو کر رہے گا۔

اسی لمحے

لائبریری کا دروازہ

دھڑام سے کھلا۔

شاہان

اپنے ساتھ

پانچ چھ تگڑے دوستوں کو لیے

اندر داخل ہوا۔

اس کے چہرے پر

ایک فاتحانہ مسکراہٹ تھی،

جیسے

وہ اسی لمحے کا

انتظار کر رہا ہو۔

شاہان:

"ہاشم بھائی!

اکیلے اکیلے

پارٹی کر رہے ہو؟

ہمیں

بلایا نہیں؟"

اب

لائبریری میں

دو بڑے گروہ

آمنے سامنے تھے۔

ایک طرف

ہخامنشی برادران

اور دوستوں کا مضبوط اتحاد۔

دوسری طرف

بخت یار

اور اس کے سینئرز۔

لڑائی

بس شروع ہی ہونے والی تھی

کہ

کالج کے ڈین

اور سیکیورٹی گارڈز

تیزی سے اندر داخل ہو گئے۔

ڈین:

"بس!

بہت ہو گیا!

ہاشم،

بخت یار —

دونوں

میرے آفس میں آؤ۔

ابھی کے ابھی!"

ہاشم نے

سکون سے

اپنی قمیض کی آستینیں نیچے کیں۔

بخت یار کو

ایک سرد

اور بے رحم نگاہ سے دیکھا۔

پھر

بغیر کچھ کہے

ڈین کے پیچھے چل پڑا۔

اس کی خاموشی

بخت یار کے شور سے

کہیں زیادہ

خوفناک تھی۔

Chapter 11

سن 2019: ہخامنشی کونسل کا ظہور :

Figure 11.1

منظر: کالج کینٹین – ڈھلتی شام

۲۰۱۹ کی وہ شام محض ایک دن کا اختتام نہیں تھی، بلکہ کئی برسوں کے جمود، منافقت اور بزدلی کے خلاف بغاوت کی ابتدا تھی۔ کالج کینٹین میں پھیلا ہوا دھواں صرف سگریٹوں کا نہیں تھا، بلکہ وہ سوچوں کا دھواں تھا جو برسوں سے طلبہ کے ذہنوں میں بھرا جا رہا تھا۔ چائے کی پیالیوں کی کھنک، کرسیاں سرکنے کی آوازیں، اور دور کہیں ہنسی کی مدھم بازگشت—سب کچھ معمول کا حصہ لگتا تھا، مگر فضا میں ایک انجانی بے چینی تیر رہی تھی، جیسے کوئی فیصلہ ہونے والا ہو۔

میز کے عین مرکز میں ہاشم بیٹھا تھا۔ اس کا انداز کسی جذباتی نوجوان جیسا نہیں، بلکہ کسی ایسے شخص کا تھا جو بہت کچھ دیکھ چکا ہو، بہت کچھ سہہ چکا ہو، اور اب مزید خاموش رہنے کو تیار نہ ہو۔ اس کے چہرے پر ایک عجیب سا ٹھہراؤ تھا—نہ مسکراہٹ، نہ غصہ—بس ایک گہرا اعتماد، جو صرف اُن آنکھوں میں ہوتا ہے جنہوں نے خوف کو قریب سے دیکھا ہو اور پھر اسے شکست دی ہو۔

اس کے ماتھے پر موجود وہ نمایاں زخم، جو والد حسام صاحب کی وفات کے دن دیوار سے سر ٹکرانے کے باعث لگا تھا، آج محض ایک نشان نہیں رہا تھا۔ وہ زخم اب ہاشم کے عزم، اس کی غیرت، اور اس وعدے کی علامت بن چکا تھا جو اس نے خود سے کیا تھا—کہ وہ اپنے باپ کی خاموشی کو اپنی کمزوری نہیں بننے دے گا۔

ہاشم کے دائیں جانب شاہان بیٹھا تھا۔ تھری پیس سوٹ، سادہ مگر نفیس ٹائی، اور آنکھوں میں وہ اعتماد جو لفظوں کا محتاج نہیں ہوتا۔ وہ کم بولتا تھا، مگر اس کی خاموشی میں ایک غیرعلانیہ وارننگ چھپی ہوتی تھی۔ بائیں جانب جہانگیر تھا، گہرے رنگ کی ہوڈی کا کیپ سر پر ڈالے ہوئے، جیسے ہر سمت سے آنے والے خطرات کے لیے تیار ہو۔ اس کی نظریں کبھی دروازے پر، کبھی سامنے بیٹھے چہروں پر، اور کبھی ہاشم کے اشاروں پر مرکوز رہتیں۔

ہاشم کے پیچھے اس کا سگا کزن اور بھتیجا ایک ناقابلِ تسخیر دیوار کی مانند کھڑے تھے۔ ان کا وجود ہی یہ پیغام دے رہا تھا کہ یہ محض ایک فرد نہیں، بلکہ ایک خاندان، ایک سوچ، اور ایک نظم و ضبط ہے۔ مراد نے آہستگی سے اپنے کوٹ کا بٹن بند کیا—بخمانشیوں میں یہ حرکت محض کپڑے درست کرنے کا عمل نہیں، بلکہ عملی اقدام کے آغاز کی علامت سمجھی جاتی تھی۔

سامنے مخالف کونسلوں کے چیئرمین بیٹھے تھے۔ برسوں سے وہی چہرے، وہی وعدے، وہی مفاد پرستانہ مسکراہٹیں۔ یہ وہ لوگ تھے جو طلبہ کے نام پر سیاست کرتے تھے، مگر طلبہ کے مستقبل کو سودے بازی کی میز پر رکھ دیتے تھے۔ آج وہ اپنی آخری کوشش میں ہاشم کو اپنی صفوں میں شامل کرنا چاہتے تھے، کیونکہ وہ جانتے تھے کہ اگر ہاشم ان کے خلاف کھڑا ہو گیا تو ان کی ساری عمارت ریت کی طرح ڈھیر ہو جائے گی۔

ہاشم نے گہری سانس لی۔ اس نے اپنی نظریں ایک ایک کر کے سب پر ڈالیں، جیسے ان کے چہروں کے پیچھے چھپے خوف کو پڑھ رہا ہو۔ پھر وہ دھیمی مگر کاٹ دار آواز میں بولنا شروع ہوا:

تم لوگ مجھے اُن کونسلوں کی صدارت کی پیشکش کر رہے ہو جو خود چاپلوسی اور“ لالچ کی بیساکھیوں پر کھڑی ہیں؟ تمہاری یہ سیاست مجھے اُن عالمی طاقتوں کی یاد دلاتی ہے جو انسانیت کا نام لے کر معصوموں کی نسل کشی کرتی ہیں، اور پھر خود ”کو امن کا علمبردار کہتی ہیں۔

کینٹین میں ایک لمحے کے لیے مکمل خاموشی چھا گئی۔

:ہاشم نے بات جاری رکھی، اس کی آواز میں اب طنز بھی تھا اور درد بھی

تم منافقت کو سیاسی مصلحت کہتے ہو، مگر میرے نزدیک منافقت ضمیر کا وہ“ اندھیرا ہے جس میں انسان کو اپنی ہی میت دکھائی دینے لگتی ہے۔ تم اقتدار کو ”خدمت کہتے ہو، مگر میں نے تمہیں صرف اپنی کرسی کی حفاظت کرتے دیکھا ہے۔

:اس نے میز پر دونوں ہاتھ رکھے، جیسے اپنے الفاظ کو وزن دے رہا ہو

یاد رکھو! حق وہ نہیں ہوتا جس کے ساتھ اکثریت کھڑی ہو۔ حق وہ سچ ہوتا ہے جو“ وقت کے فرعونوں کے سامنے اکیلا کھڑے ہونے کی جرات رکھتا ہو۔ تم نے عشق صرف عہدوں سے کیا ہے، تم نے عشق صرف طاقت سے کیا ہے، جبکہ میرا عشق وہ حق ”پرستی ہے جو باطل کے ایوانوں میں زلزلہ برپا کر دے۔

چند طلبہ نے بے اختیار ایک دوسرے کی طرف دیکھا۔ یہ وہ باتیں تھیں جو وہ دل میں تو محسوس کرتے تھے، مگر کبھی زبان پر لانے کی ہمت نہیں کر پاتے تھے۔

ہاشم کی آواز اب مزید مضبوط ہو چکی تھی:

"آج کے دور میں، جب مفاد پرست سچ کا گلا گھونٹ رہے ہوں، جب مذہب کو ڈھال بنا کر جھوٹ بیچا جا رہا ہو، اور قوم کے نام پر طلبہ کو تقسیم کیا جا رہا ہو—وہاں بخمانشیوں کا اٹھ کھڑا ہونا کوئی ذاتی شوق نہیں، بلکہ ایک فکری ضرورت ہے۔"

یہ کہہ کر ہاشم اپنی کرسی سے اٹھ کھڑا ہوا۔ اس کا قد آور وجود، اس کا پُرعزم انداز، اور اس کی آنکھوں میں جلتی ہوئی چنگاری نے کینٹین میں موجود ہر شخص کو اپنی گرفت میں لے لیا۔ اس نے ایک لمحے کو توقف کیا، پھر بلند اور واضح آواز میں اعلان کیا:

"آج سے نہ میں تمہاری کونسل کا حصہ ہوں، نہ تمہاری سیاست کا۔ آج سے ایک نئی سوچ، ایک نئی صف، اور ایک نیا عہد شروع ہو رہا ہے۔ بخمانشی کونسل کسی عہدے کے لیے نہیں، بلکہ حق، انصاف اور خودداری کے لیے قائم کی جا رہی ہے۔"

کینٹین میں ایک ہلچل سی مچ گئی۔ کچھ چہرے خوف سے زرد پڑ گئے، کچھ آنکھوں میں امید کی چمک ابھر آئی، اور کچھ نے پہلی بار محسوس کیا کہ شاید اب خاموش رہنا ہی سب سے بڑا جرم ہے۔

ہاشم نے آخری جملہ کہا، جو اس شام کی تقدیر بن گیا:

"جو حق کے وقت خاموش رہے، وہ کل تاریخ کے کٹہرے میں خود کو مجرم پائے گا۔ اور بخمانشی خاموشی کے نہیں، حساب کے قائل ہیں۔"

یہ محض ایک اعلان نہیں تھا—یہ ایک عہد تھا، جو اُس شام کینٹین کے دھوئیں میں نہیں، بلکہ آنے والے برسوں کی تاریخ میں لکھا جا چکا تھا۔

Chapter 12

آذری لباس اور بخمانشیوں کی للکار

Figure 12.1

کالج کا آڈیٹوریم آذربائیجان کے ثقافتی رنگوں سے سجا ہوا تھا، مگر سب کی نظریں اُس ٹولی پر جمی تھیں جو وقار اور شان کے ساتھ ہال میں داخل ہوئی تھی۔

ہاشم، شاہان، جہانگیر، مراد اور آراز کے ساتھ ان کے جگری یار آرزان اور امیر بھی آج بخامنشیوں کا روایتی چوخا پہنے ہوئے تھے۔ لباس کی تراش خراش ایسی نفیس اور شاہانہ تھی کہ وہ سب کسی قدیم سلطنت کے شاہسوار محسوس ہو رہے تھے۔

آرزان نے اپنے لباس کی کڑھائی پر فخر سے ہاتھ پھیرتے ہوئے ہاشم سے کہا:

"ہاشم بھائی! اس لباس میں تو میں بالکل بخمانشیوں کا وہ گمشدہ شہزادہ لگ رہا ہوں، جس کی تلاش میں پوری فوج نکل پڑی ہو۔ بس فرق یہ ہے کہ میری فوج ابھی

"کینٹین میں پراٹھے کھا رہی ہے۔

مراد نے ہنستے ہوئے جواب دیا:

شہزادے! تو وہ والا شہزادہ ہے جسے بادشاہ نے عاق کر کے محل سے نکال دیا ہو۔ اب" "خاموش رہ اور سیدھا چل۔

ابھی یہ ہنسی مذاق جاری ہی تھا کہ سینیئرز کے ایک گروہ نے ان کا راستہ روک لیا۔ ان کا لیڈر، جو ہخامنشیوں کی بڑھتی ہوئی دھاک سے جلتا تھا، سیدھا شاہان کے سامنے آ کھڑا ہوا۔ وجہ صرف یہ تھی کہ شاہان اس کے سامنے سے گزرتے ہوئے جھکا نہیں تھا۔

"اوئے جونیئر! یہ لباس پہن کر خود کو بہت بڑا سورما سمجھنے لگے ہو؟"

اس سینیئر نے بدتمیزی سے شاہان کے چوخے پر لگی چاندی کی روایتی لڑی کو جھٹکا دیا۔ لڑی ٹوٹ کر زمین پر جا گری۔

ہمارے سامنے اس طرح اکڑ کر چلنا چھوڑ دو، ورنہ یہ لباس اتارنے میں ہمیں دیر نہیں" "لگے گی۔

پورے ہال میں موت جیسی خاموشی چھا گئی۔ ہاشم کی بائیں آنکھ کے اوپر موجود گہرا زخم غصے سے سرخ ہونے لگا۔ اس نے سگریٹ کا آخری کش لیا، اسے زمین پر مسلا اور آہستہ قدم بڑھائے۔

"...تم نے صرف ایک دھاگا نہیں توڑا"

ہاشم کی آواز اتنی بھاری تھی کہ قریب کھڑے لوگوں کے رونگٹے کھڑے ہو گئے۔

"تم نے ہخامنشیوں کی انا کو چھیڑا ہے۔"

اگلے ہی لمحے ہاشم کا بھرپور مکّا سینیئر کے جبڑے پر لگا۔ یہ ایک اشارہ تھا، اور پھر پورا آڈیٹوریم میدانِ جنگ بن گیا۔ ہاشم، شاہان، جہانگیر، مراد اور آراز ایک ساتھ سینیئرز پر ٹوٹ پڑے۔

ہاشم کا جلال دیکھنے والا تھا۔ جس پر اس کا ہاتھ پڑتا، وہ دوبارہ اٹھنے کے قابل نہ رہتا۔ شاہان، جس کے چہرے پر عموماً شرافت جھلکتی تھی، آج اپنے بھائی کے لیے

چٹان بن گیا تھا۔ اس نے ایک سینیئر کا گریبان پکڑ کر اسے گھٹنوں کے بل جھکایا اور دھاڑا:

"ہم بخامنشی ہیں! ہماری شرافت کو ہماری کمزوری مت سمجھنا۔ ہم وہ آگ ہیں جو چھونے والے کو راکھ کر دیتی ہے!"

ایک طرف آرزان دو سینیئرز کو گردن سے پکڑ کر آپس میں ٹکراتے ہوئے بولا:

"اوئے ذرا آرام سے! تم لوگ تو ایسے پٹ رہے ہو جیسے بخامنشیوں کے اصطبل کے گھوڑے بھی نہیں پٹتے۔ کم از کم تھوڑی مزاحمت تو کرو تاکہ شہزادوں کا دل بہل سکے۔"

مارپیٹ اس قدر شدید ہو گئی کہ کالج کی سیکیورٹی کو مداخلت کرنا پڑی۔ جب ماحول کچھ ٹھنڈا ہوا اور سینیئرز زخمی حالت میں پیچھے ہٹے تو ہاشم نے شاہان کے کندھے پر مضبوطی سے ہاتھ رکھا۔

ہاشم کی آنکھوں میں نمی اور لہجے میں فخر تھا:

"شاہان! یہ لباس اور یہ پہچان ہمارے باپ حشام بخامنشی کی وراثت ہے۔ جب تک ہاشم زندہ ہے، کوئی ہماری پہچان پر انگلی نہیں اٹھا سکتا۔"

شاہان نے ہاشم کا ہاتھ چوم لیا اور جذباتی آواز میں کہا:

"لالا! آپ کے ہوتے ہوئے مجھے کسی دشمن کا خوف نہیں۔ آپ میری وہ ڈھال ہیں جس کے پیچھے میں پوری دنیا سے لڑ سکتا ہوں۔"

اسی لمحے جہانگیر نے چاروں طرف نظر دوڑاتے ہوئے طنزیہ انداز میں کہا:

"کہیں بخت یار دکھائی نہیں دے رہا؟"

مراد ہنس پڑا:

"وہ آئے گا بھی نہیں۔ اسے معلوم تھا کہ آج بخامنشی اپنے اصل رنگ میں ہوں گے، اسی خوف سے شاید وہ آج کالج ہی نہیں آیا۔"

آرزان نے زمین سے ٹوٹی ہوئی چاندی کی لڑی اٹھائی، ہاشم کے ہاتھ میں دیتے ہوئے شرارت سے بولا:

"ہاشم بھائی! لڑائی تو ختم ہو گئی، اب ذرا پوز دیں۔ ایک تصویر تو بنتی ہے، آخر ہم ہخامنشی وارث جو لگ رہے ہیں۔"

یوں یہ دن تاریخ کا حصہ بن گیا، اور پورے کالج میں یہ پیغام پھیل گیا کہ ہخامنشیوں سے ٹکرانا اپنی تباہی کو دعوت دینا ہے۔

Chapter 13

ہخامنشیوں کی شاہی ضیافت اور ارزان کی جگت بازی

Figure 13.1

منظر:- کالج کا وسیع لان - شام کا دھندلکا

آڈیٹوریم میں ہونے والی اس تاریخی کٹائی کے بعد اب کالج کے پرسکون لان میں ہخامنشیوں کا دربار سجا تھا۔ فضا میں لکڑیوں کے جلنے کی مہک اور مصالحہ دار کھانوں کی خوشبو رچی بسی تھی۔ میز پر آذری ثقافت کی شان، یعنی شاہ پلو کی بڑی بڑی پراتیں، سیخوں میں پروئے لولہ کباب، گرما گرم تندوری روٹیاں اور دہی کا رائتہ سجا تھا۔ یہ سب انتظام آذری تقریب کے لیے تھا، مگر اب یہ فاتحین کا مالِ غنیمت بن چکا تھا۔

میز کے گرد ہاشم، شاہان، امیر اور جہانگیر شاہانہ انداز میں براجمان تھے۔ ہخامنشی چمڑے کے وزنی لباس اور ہاتھوں میں دہکتے سگریٹ ایک عجیب ہیبت پیدا کر رہے تھے۔ دھواں ان کے چہروں کے گرد یوں منڈلا رہا تھا جیسے کسی قدیم قلعے کی فصیل پر بادل ٹھہر گئے ہوں۔

ارزان، جو پچھلے دس منٹ سے شاہ پلو کی ایک ہی پرات پر اکیلا حاوی تھا، نے اچانک ایک لمبی ہڈی اٹھائی اور تلوار کی طرح اسے ہاشم کی طرف لہرایا۔

ارزان:

"ہاشم بھائی! تم سگریٹ کے دھوئیں میں بہادری کے فلسفے تلاش کر رہے ہو، اور یہاں میں نے آذری پلو میں اپنی کھوئی ہوئی جوانی ڈھونڈ لی ہے۔ قسم سے، پٹائی کے بعد اگر یہ کھانا نہ ملتا تو بھوک کے مارے میں ان سینئرز کے جوتے تک چبا جاتا۔"

آراز، جو اپنے چچا ارزان کی پلیٹ سے خاموشی سے کباب چرا رہا تھا، ہنستے ہوئے بولا:

"چچا ارزان! سچ بتائیں، پٹائی کے دوران جب وہ لمبا سا سینئر آپ کے نیچے آیا تھا تو
آپ اسے مار رہے تھے یا اس سے کھانے کا وقت پوچھ رہے تھے؟"

ارزان:

"اوئے چھوٹے! تم بخامنشیوں کی نئی پود ہو، ابھی جنگ کے داؤ پیچ نہیں سمجھے۔
وہ کمبخت میرے نیچے آ کر رو رہا تھا۔ کہتا تھا: بھائی، یہ بخامنشی لباس کہاں سے
سلوایا ہے؟ بڑا مضبوط ہے، میرا ناخن ٹوٹ گیا مگر تمہارا چمڑا نہیں پھٹا۔ میں نے ایک
زوردار رسید کی اور کہا: بیٹا، یہ کسی درزی کا کمال نہیں، یہ ارزان کی تربیت اور
درویش کی دعا کا اثر ہے، جو پہن لے وہ خود بھی چمڑا بن جاتا ہے۔"

پورے گروہ میں قہقہے گونج اٹھے۔ امیر، جو خاموشی سے تسبیح گھما رہا تھا اور
جس کے ایک اشارے پر اس کے قبیلے کے ہزاروں جوان جان دینے کو تیار رہتے تھے،
اپنی سنجیدگی برقرار نہ رکھ سکا اور مسکرا دیا۔

امیر:

"ارزان، تو کبھی نہیں سدھرے گا۔ پٹائی کے وقت تجھے ان کے ناخنوں کی فکر تھی
اور اب کھانے کی؟"

ارزان:

"امیر بھائی! خالی پیٹ آدمی تسبیح بھی ٹھیک سے نہیں گھما سکتا۔ یہ تو پھر بھی
بخامنشی انقلاب ہے۔ اور ذرا اس جہانگیر کو دیکھو، سگریٹ ایسے پی رہا ہے جیسے
سارا دھواں اپنے پھیپھڑوں میں جمع کر رہا ہو، تاکہ اگلی لڑائی میں دشمن پر آگ برسا
دے۔ اوئے جہانگیرا! اتنا دھواں مت نکال، کہیں محافظوں کو خبر نہ ہو جائے۔"

جہانگیر نے سگریٹ کا لمبا کش لیا اور دھواں ارزان کی پلیٹ پر چھوڑتے ہوئے تلخی سے ہنسا:

"ارزان، تو بس ہڈیاں چباتا رہ۔ کہیں ایسا نہ ہو کہ اگلی بار دشمن تجھے کباب کی پلیٹ دکھا کر گھیر لے اور تو ہخامنشیوں کے سارے راز اگل دے۔"

ارزان نے سنجیدگی کا لبادہ اوڑھتے ہوئے کہا:

"اوئے! ارزان اتنا سستا نہیں بکتا۔ کم از کم دو کلو شاہ پلو، مٹن کی چانپیں اور ٹھنڈی لسی کا ایک بڑا جگ چاہیے، تب جا کر میں غداری کا سوچوں گا، کروں گا پھر بھی نہیں۔"

اسی دوران ایک مغرور سی لڑکی اپنی سہیلیوں کے ساتھ وہاں سے گزری۔ ارزان کی تیز نگاہوں نے اسے دور سے ہی پہچان لیا۔ اس نے فوراً ہاتھ صاف کیا، بال سنوارے اور ایک فاتحانہ انداز میں بیٹھ گیا، جیسے کسی داستان کا ہیرو ہو۔

ارزان نے آہستہ سے آراز کو کہنی مارتے ہوئے کہا:

"آراز! دیکھ، وہی ہے نا جس نے کل تجھے بچہ کہا تھا؟ اب ذرا اپنے چچا کا یہ قاتلانہ انداز دیکھ۔ ہاشم بھائی! تھوڑا سا دھواں اس طرف بھی چھوڑ دو، اسے معلوم ہو کہ ہخامنشیوں کے پاس صرف غصہ اور تھپڑ نہیں، بلکہ شان و وقار بھی ہے۔"

آراز نے ہنستے ہوئے وہی بڑی ہڈی ارزان کی پلیٹ میں واپس رکھ دی:

"چچا ارزان! وہ آپ کے انداز کو نہیں دیکھ رہی۔ وہ یہ سوچ رہی ہے کہ آپ کے ہاتھ میں پکڑی اس ہڈی اور کسی دیوہیکل جانور کی ہڈی میں کتنا کم فرق رہ گیا ہے۔ اسے لگ رہا ہے کہ ہم کالج میں نہیں، بلکہ پتھر کے زمانے کے کسی قبیلے کے ساتھ بیٹھے ہیں۔"

ہاشم نے پہلی بار بلند آواز میں قہقہہ لگایا اور شاہان نے مسکرا کر اپنا سگریٹ بجھا دیاqq کا۔ یہ ہخامنشیوں کی وہ محفل تھی جہاں موت کا خوف نہیں، بلکہ زندگی جشن اور بھائی چارے کا رنگ غالب تھا۔

Chapter 14

سٹی لاء کالج باکو کا نیا دستور

Figure 14.1

منظر: سٹی لاء کالج، باکو — مرکزی ہال

دسمبر ۲۰۱۹

باکو کی سرد ہوائیں کالج کی قدیم عمارت سے ٹکرا رہی تھیں۔

سٹی لاء کالج، جہاں قانون کی باریکیاں سکھائی جاتی تھیں، آج وہاں ایک الگ ہی قانون لکھا جا رہا تھا۔

ہاشم، شاہان، جہانگیر اور مراد جب لائبریری سے نکل کر مرکزی ہال میں داخل ہوئے تو ہال میں موجود طلبہ کی سرگوشیاں خود بخود تھم گئیں۔

نگاہیں جھک گئیں، قدم رک گئے، اور فضا میں ایک غیر محسوس سا دباؤ پھیل گیا۔

وہی مغرور سینئر لڑکی، آئیگون، جو خود کو کالج کی ملکہ سمجھتی تھی، اپنے مخصوص تکبر کے ساتھ ارزان کے سامنے آ کھڑی ہوئی۔

ارزان اس وقت ہاشم کے لیے قانون کی ایک کتاب تھامے ہوئے تھا۔ اس نے شائستگی سے ایک طرف ہونا چاہا، مگر آئیگون نے جان بوجھ کر اس کا راستہ روک لیا۔

آئیگون طنزیہ مسکراہٹ کے ساتھ بولی:

"سنا ہے تم لوگ خود کو یہاں کا نیا قانون سمجھنے لگے ہو؟"

یہ سٹی لاء کالج باکو ہے، کوئی دیہاتی اکھاڑہ نہیں۔

تم جیسے لوگوں کو تو یہ بھی معلوم نہیں ہوگا کہ قانون بنتا کیسے ہے،

"چلانا تو بہت دور کی بات ہے۔

ارزان نے ہلکی سی مسکراہٹ کے ساتھ ہاشم کی طرف دیکھا،

جیسے کہہ رہا ہو:

"بھائی، اب میری باری ہے۔"

مگر ہاشم کے چہرے پر ابھرنے والی سختی نے اسے خاموش رہنے کا اشارہ دے دیا۔

ہاشم دو قدم آگے بڑھا۔

اس کا قد آور وجود اور بخامنشی لباس آئیگون کے سامنے ایک دیوار کی مانند کھڑا ہو گیا۔

ہاشم نے انتہائی ٹھنڈی مگر کاٹ دار آواز میں کہا:

"آئیگون!

قانون بنانا پارلیمنٹ کا کام ہوتا ہے،

مگر قانون کو نافذ کرنا بخامنشیوں کا طریقہ ہے۔

جس ارزان سے تم نے بدتمیزی کی ہے،

وہ اس خاندان کا وہ ستون ہے

جس پر ہماری غیرت کھڑی ہے۔

اور یاد رکھو،

اس کالج میں تمہاری حیثیت اب صرف ایک ایسی سینئر کی ہے

جو اپنی تاریخ ختم ہوتے دیکھ رہی ہے۔"

ہاشم نے مڑ کر پورے ہال پر اپنی عقابی نگاہ ڈالی اور بلند آواز میں کہا:

"آج سٹی لاء کالج باکو کے در و دیوار گواہ رہیں!

جو بھی اپنی عزت اور مستقبل بچانا چاہتا ہے،

وہ اس آئیگون اور اس کے گٹھ جوڑ سے صاف لاتعلقی اختیار کرے۔

بہت جلد ایسا اعلان ہونے والا ہے

کہ اس کالج میں قانون کی کتابوں سے پہلے

ہخامنشیوں کا نام لیا جائے گا۔"

اسی لمحے بااثر آذری طلبہ، ایلچن اور تیمور،

جو نامور خاندانوں سے تعلق رکھتے تھے،

خاموشی سے ہاشم کے پیچھے آ کھڑے ہوئے۔

ہاشم نے وہیں اپنی نئی کابینہ کا اعلان کر دیا:

"آج سے

جہانگیر ہخامنشی اس کالج کے صدر ہوں گے،

مراد ہخامنشی نائب صدر،

میرا بھائی شاہان جنرل سیکرٹری،

اور سردار امیر چیف مشیر ہوں گے۔"

اسی دوران پروانہ اور نارمین،

جو کالج کی سیاست میں اپنی چالاکیوں کے لیے مشہور تھیں،

ہاشم کے قریب آئیں۔

پروانہ نے خوشامدانہ لہجے میں کہا:

"ہاشم بھائی!

ہم آپ کے اس نئے نظام کا خیر مقدم کرتی ہیں۔

"کیا اس نئی کونسل میں ہمارے لیے بھی کوئی جگہ ہے؟

ہاشم نے ان کی مسکراہٹ کا جواب سنجیدہ نگاہ سے دیا:

"تم دونوں ہماری بہنوں جیسی ہو۔

ہخامنشیوں کی روایت میں

بہنوں کو سیاست کی گرد میں نہیں رولایا جاتا،

بلکہ انہیں تحفظ دیا جاتا ہے۔

تم بس ہماری خیر خواہی کرو،

یہی تمہارا سب سے بڑا منصب ہے۔"

دونوں سمجھ گئیں کہ عزت تو ملی ہے،

مگر طاقت کی کنجی ہاشم کے ہاتھ میں ہی رہے گی۔

منظر: اکتیس دسمبر ۲۰۱۹ — سٹی لاء کالج، باکو کی چھت

رات کے بارہ بجنے والے تھے۔

پورا باکو روشنیوں میں نہانے کو تیار تھا۔

ہاشم اپنے بھائیوں اور وفاداروں کے ساتھ کالج کی چھت پر کھڑا تھا۔

ارزان ہنستے ہوئے بولا:

"ہاشم بھائی!

دو ہزار انیس تو بس آزمائش تھا،

اصل فیصلہ اب دو ہزار بیس میں آئے گا۔

اب دیکھنا، چیخیں بھی ہوں گی

اور قانون بھی ہمارا ہوگا!"

ہاشم نے سگریٹ کا دھواں فضا میں چھوڑتے ہوئے کہا:

"دو ہزار بیس صرف ایک سال نہیں، ارزان۔

یہ ہاشم کی میراث کے باقاعدہ اقتدار کا آغاز ہے۔

اب اس کالج میں وہی ہوگا

"جو ہم چاہیں گے۔

جیسے ہی گھڑی نے بارہ بجائے،

باکو کے آسمان پر آتش بازی شروع ہو گئی۔

دو ہزار بیس کا آغاز ہو چکا تھا،

اور سٹی لاء کالج کی تاریخ

اب ہخامنشیوں کے لہو اور قانون سے لکھی جانے والی تھی۔

دسمبر کی وہ رات

دسمبر کی وہ رات باکو کی سرد ترین راتوں میں سے ایک تھی۔

اسٹیٹ لاء کالج کا ایک پرانا گوشہ،

جہاں پیپل کے سوکھے پتے برف کی چادر تلے دب چکے تھے،

آج دو ایسے جوانوں کی باتوں کا گواہ تھا

جن کے کندھوں پر وراثت کا بوجھ

ان کی عمروں سے کہیں زیادہ تھا۔

ہاشم ہخامنشی نے کانپتی انگلیوں سے سگریٹ کا ایک اور کش لیا۔

اس کے اندر لگی آگ،

بابا حشام کے جانے کے بعد

کبھی ٹھنڈی نہ ہو سکی تھی۔

ہاشم نے بنچ سے ٹیک لگا کر کہا:

"امیر،

بابا کہا کرتے تھے

جب بوجھ ہمت سے بڑھنے لگے

تو سمجھ لینا

خدا بلندی کے لیے تیار کر رہا ہے۔

پتنگ ہمیشہ مخالف ہوا میں ہی بلند ہوتی ہے۔

شکست وہ نہیں جو میدان میں ملے،

شکست وہ ہے جو انسان اپنے دل میں مان لے۔

سورج کے ڈھلنے کا مطلب یہ نہیں

کہ روشنی ختم ہو گئی،

بلکہ یہ اشارہ ہے

کہ اگلا سویرا زیادہ تابناک ہوگا۔"

امیر نے تسبیح گھماتے ہوئے کہا:

"سردار وہی ہوتا ہے

جو قبیلے کے دکھ اپنے سینے پر سہے۔

رکاوٹوں کے بغیر راستہ

اکثر تباہی کی طرف جاتا ہے۔

طوفان درخت گرانے نہیں،

ان کی جڑیں مضبوط کرنے آتے ہیں۔"

اچانک آرزان ایک درخت کے پیچھے سے نمودار ہوا:

"اوئے فلسفیو!

بس کرو، ورنہ یہ برف

تمہارے بھاری جملوں سے پگھل جائے گی۔

ذرا ہنس بھی لیا کرو،

ورنہ لوگ کہیں گے

ہخامنشی خاندان کا چراغ

تیل ختم ہونے سے پہلے ہی دھواں دینے لگا تھا!"

ہاشم نے جوتا دکھایا تو آرزان پیچھے ہٹا،

مگر زبان پھر بھی نہ رکی۔

تینوں بے اختیار ہنس پڑے۔

اداسی کی دھند چھٹنے لگی۔

ہاشم نے گہری آواز میں کہا:

"محبت،

چاہے بابا کی یاد ہو

یا آنے والا عشق،

انسان کو زندہ رکھتی ہے۔

یہ وہ درد ہے

جو جینے کی وجہ بن جاتا ہے۔"

امیر نے ہنستے ہوئے کہا:

"چل،

اب ہمیں کہیں کافی پینی ہے،

ورنہ ہم واقعی بوڑھے ہو جائیں گے۔"

باکو کی وہ سرد رات،

جو کچھ دیر پہلے غم میں ڈوبی تھی،

اب ان کے قہقہوں سے گونج رہی تھی۔

Chapter 15

نئے طلباء کہ لئے خوش آمدید ہخمانشی برادری کہ جانب سے

Figure 15.1

مقام: اسٹیٹ لاء کالج، باکو (مرکزی آڈیٹوریم)

موقع: جونیئر بیچ ۲۰۲۰ کی استقبالیہ تقریب

مرکزی آڈیٹوریم کھچا کھچ بھرا ہوا تھا۔ نئے آنے والے طلبہ کی آنکھوں میں تجسس، خوف اور خواب ایک ساتھ جھلک رہے تھے۔ مگر سب کی نظریں اس خالی کرسی پر جمی تھیں جو اسٹیج کے عین وسط میں رکھی تھی، جس پر سنہری حروف میں لکھا تھا:

سربراہِ کونسل

جہانگیر بخامنشی آہستہ قدموں سے اسٹیج پر آیا۔ اس کی شخصیت میں ٹھہراؤ اور لہجے میں وزن تھا۔ اس نے مائیک سنبھالا تو پورا ہال خاموش ہو گیا۔

جہانگیر نے کہا:

"خواتین و حضرات!

آج کی یہ تقریب محض ایک خوش آمدید نہیں، بلکہ ایک امانت کی حوالگی ہے۔ آپ سب یہاں قانون پڑھنے نہیں آئے، بلکہ حق کے لیے کھڑے ہونا سیکھنے آئے ہیں۔"

اس نے لمحہ بھر توقف کیا، پھر فخر سے بولا:

"اور اس سفر میں ہمارا رہنما وہ ہے جس کے نام کے ساتھ ایک تاریخ، ایک وراثت اور ایک قربانی جڑی ہے۔

...میں دعوت دیتا ہوں اپنے بزرگ، اپنے رہبر، اور اس کونسل کی روح

بخامنشی کونسل کے سربراہ،

ہاشم بخامنشی!"

پورا آڈیٹوریم تالیوں سے گونج اٹھا۔ ہاشم نہایت وقار سے اسٹیج پر آیا۔ اس کے چہرے پر ٹھہراؤ تھا، آنکھوں میں گہرائی۔ اس نے مائیک درست کیا اور چند لمحے خاموش رہا۔ وہ خاموشی خود ایک تقریر بن گئی۔

پھر ہاشم نے بولنا شروع کیا:

"میرے جونیئرز!

اسٹیٹ لاء کالج میں خوش آمدید۔

یہاں آپ کو قانون کی کتابیں ملیں گی، مگر یاد رکھنا، کتابیں صرف راستہ دکھاتی ہیں، کردار خود بنانا پڑتا ہے۔"

"میرے والد، حشام بخامنشی کہا کرتے تھے کہ طاقت کا اصل مطلب کسی کو دبانا نہیں، بلکہ ٹوٹے ہوئے کو سہارا دینا ہے۔ ہم بخامنشی ہیں، اور ہمارا خون ہمیں یہ سکھاتا ہے کہ مشکل وقت میں بہانے نہیں، فیصلے کیے جاتے ہیں۔"

"کہا جاتا ہے کہ قانون اندھا ہوتا ہے۔ میں کہتا ہوں، قانون کو اندھا اس لیے رکھا گیا ہے تاکہ وہ چہروں کو نہیں، سچ کو پہچان سکے۔"

نام وراثت میں مل سکتا ہے، مگر عزت نہیں۔ عزت صرف جدوجہد سے ملتی ہے، اور"
"جدوجہد صرف وہی کرتا ہے جس کا ضمیر زندہ ہو۔

اگر تم حق پر ہو اور اکیلے کھڑے ہو، تو ڈرنا مت۔"

طوفان میں ہمیشہ اکیلا درخت ہی کھڑا رہتا ہے، جھاڑیاں تو پہلے ہی جھک جاتی
"ہیں۔

عدالت کی کرسی پر بیٹھنا آسان ہے، مگر عدل کی میزان پر پورا اترنا وہ بوجھ ہے"
"جو صرف مضبوط ضمیر ہی اٹھا سکتا ہے۔

ہاشم خاموش ہوا۔ ایک لمحے کو پورا ہال ساکت ہو گیا، پھر تالیوں کا ایسا طوفان اٹھا
کہ دیواریں گونج اٹھیں۔ طلبہ اپنی نشستوں سے کھڑے ہو گئے۔

ہاشم اسٹیج سے اترا اور راہداری کی طرف بڑھا ہی تھا کہ ایک باوقار آواز نے اسے
روک لیا۔

"آپ ہاشم بخامنشی ہیں؟"

ہاشم نے مڑ کر دیکھا۔ سامنے میسا میخانچی کھڑی تھی۔ حجاب میں ملبوس، آنکھوں
میں اعتماد اور لہجے میں وقار۔

ہاشم نے کہا:

"جی، میں ہی ہوں۔"

میسا بولی:

"میں نے آپ کو ایک پیغام بھیجا تھا، شاید آپ نے ابھی نہیں دیکھا۔"

ہاشم کے ذہن میں فوراً وہ مضبوط دلائل والا تعارف ابھرا۔

ہاشم نے آہستہ سے کہا:

"میسا میخانچی؟"

میسا کے لبوں پر ہلکی سی مسکراہٹ آئی:

"جی۔"

ہاشم نے احترام سے سر جھکایا:

"ماشاءاللہ، خوش رہیں۔"

میسا کلاس کی طرف بڑھ گئی۔ ہاشم اسے جاتے ہوئے دیکھتا رہا، جیسے اسے اپنی آنے والی جدوجہد کی پہلی جھلک مل گئی ہو۔

Chapter 16

باکو سے باہر کی شاہراہ - رات کا وقت

Figure 16.1

مقام: باکو سے باہر کی شاہراہ — رات

باکو کی طرف بڑھتی ہوئی تیز رفتار گاڑی میں ہاشم کھڑکی سے باہر دیکھ رہا تھا۔ درخت اندھیرے میں پیچھے کی طرف دوڑتے محسوس ہو رہے تھے۔ اس کے لبوں پر ایک ایسی مسکراہٹ تھی جو برسوں بعد لوٹی تھی۔

خود اسے بھی اندازہ نہ تھا کہ میسا میخانچی سے وہ مختصر سی ملاقات اس کے اندر کا موسم یوں بدل دے گی۔

آرزان شرارت بھری ہنسی کے ساتھ بولا:

"اوئے! یہ کیا دیکھ رہا ہوں میں؟ ہاشم بھائی کے چہرے پر شرمیلی مسکراہٹ؟ لگتا ہے خامنشی قلعے میں آخرکار عشق داخل ہو گیا ہے۔ تم نے ہوش سنبھالتے وقت بھی اتنا نہیں مسکرایا تھا جتنا آج ہوا کو دیکھ کر ہنس رہے ہو۔ محسوس ہو رہا ہے کہ کونسل کا شیر بھیگی بلی بننے کی تیاری میں ہے۔"

ہاشم ہنستے ہوئے بولا:

"آرزان، چپ کر جا، ورنہ اسی ویرانے میں گاڑی سے اتار دوں گا۔"

آرزان نے آنکھ دبائی:

"اتار دو، مگر یہ مسکراہٹ بتا رہی ہے کہ خامنشی قلعہ ہلنے والا ہے اور کہیں میخانچیوں کا جھنڈا نہ لہرا جائے۔

ادھر اسٹیٹ لاء کالج میں

کالج کے برآمدے میں میسا میخانچی کو چند بدتمیز سینئرز نے گھیر رکھا تھا۔ کوئی اس کے حجاب پر ہنس رہا تھا، کوئی اس کے قبیلے اور اس کے بابا کے نام پر طنز کر رہا تھا۔

میسا نے وہاں خود کو سنبھالے رکھا، خاموشی سے نکل آئی، مگر گھر پہنچتے ہی ضبط ٹوٹ گیا۔

کانپتے ہاتھوں سے اس نے ہاشم کو پیغام بھیجا۔

میسا:

"ہاشم، مجھے آپ کی مدد چاہیے۔ کیا بات ہو سکتی ہے؟"

ہاشم:

"جی بالکل، خیریت تو ہے؟ آپ پریشان لگ رہی ہیں۔"

میسا:

"آج کالج میں کچھ سینئرز نے میرے ساتھ بہت بدتمیزی کی ہے۔ میرے قبیلے اور میرے بابا کا نام لے کر مذاق اڑایا گیا۔"

ہاشم کا چہرہ غصے سے سرخ ہو گیا۔ اس نے فوراً ہخامنشی کونسل کے گروہ میں پیغام چھوڑا:

"کل صبح نو بجے سب کالج میں موجود ہوں۔

کچھ امیر باپ کے بگڑے بچوں کی اکڑ نکالنی ہے۔

کسی کی ہمت کیسے ہوئی کہ ہماری کسی طالبہ سے بدتمیزی کرے۔"

پھر اس نے میسا کو جواب دیا:

"کل میں خود کالج آؤں گا۔ آپ فکر نہ کریں، ان کو میں خود سیدھا کروں گا۔"

میسا:

"ٹھیک ہے، میں آپ کا انتظار کروں گی۔"

سفر اور اچانک طبیعت کی خرابی

مگر قسمت کو کچھ اور منظور تھا۔

سفر کی تھکن اور باکو کی یخ بستہ ہواؤں نے ہاشم کو توڑ دیا۔ آدھی رات کو تیز بخار نے اسے جکڑ لیا۔ نیم بے ہوشی میں اس نے میسا کو آخری پیغام بھیجا:

"میسا، میری طبیعت بہت خراب ہو گئی ہے۔

کل آپ کالج مت جانا۔

میرے آنے سے پہلے کوئی قدم مت اٹھانا۔

اگلی صبح — کالج کی راہداری

میسا کالج پہنچ چکی تھی۔ اس نے موبائل بیگ میں رکھا ہوا تھا اور ہاشم کا آخری پیغام اس کی نظر سے اوجھل رہا۔

وہ مطمئن تھی کہ ہاشم آئے گا اور ہر بات ٹھیک ہو جائے گی۔

وہ سیڑھیوں پر کھڑی بار بار دروازے کی طرف دیکھ رہی تھی۔

ہاشم کا انتظار... مگر ہاشم کہیں نظر نہ آیا۔

اچانک وہی سینئرز کا گروہ دوبارہ اس کی طرف بڑھا۔

ان کے چہروں پر وہی کمینی مسکراہٹ، وہی زہریلا غرور۔

میسا کا دل زور زور سے دھڑکنے لگا۔

ہاشم کہاں رہ گیا؟

Chapter 17

مقام: بخامنشی حویلی – ہاشم کا کمرہ

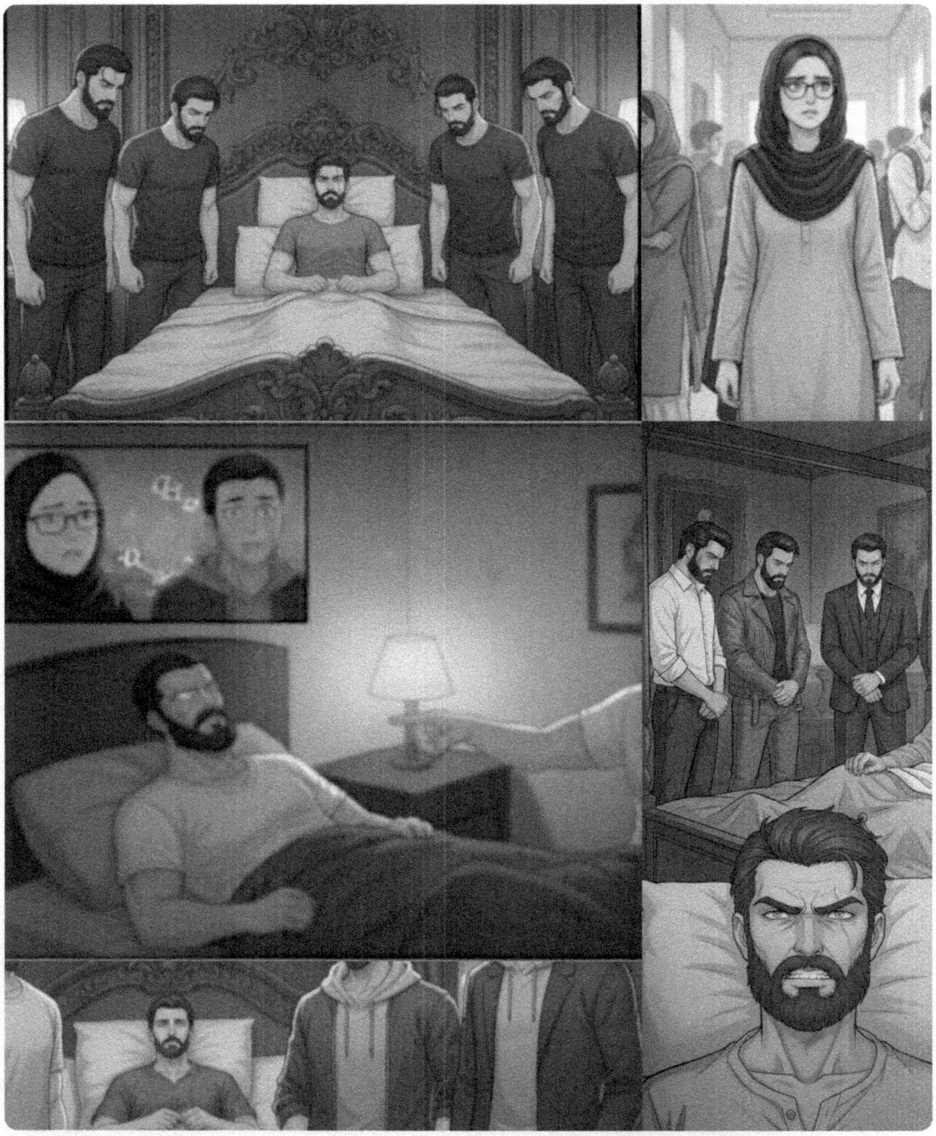

Figure 17.1

مقام: بخامنشی حویلی — ہاشم کا کمرہ

ہاشم بستر پر لیٹا ہوا تھا۔ تیز بخار نے اس کے جسم کو جکڑ رکھا تھا، مگر اس کا ذہن مسلسل میسا کے معصوم چہرے اور کالج کے اس منظر کے گرد گھوم رہا تھا جو شاہان نے ابھی بیان کیا تھا۔

کمرے میں خاموش تناؤ پھیلا ہوا تھا۔ شاہان، آرزان، جہانگیر، مراد اور آراز سر جھکائے کھڑے تھے۔

شاہان بوجھل لہجے میں بولا:

"ہاشم، کالج میں واقعی بڑا مسئلہ ہو گیا تھا۔ وہ لڑکی... جس نے چشمہ لگا رکھا تھا، بہت پریشان لگ رہی تھی۔ ہماری کلاس کی دو لڑکیاں، جو کل تم سے عہدہ مانگنے آئی تھیں، وہ بھی وہیں موجود تھیں۔ وہ سب کو بتا رہی تھیں کہ یہ ہاشم کی جان پہچان والی ہے۔ یوں لگ رہا تھا جیسے وہ کسی کا شدت سے انتظار کر رہی ہو... مگر ہمیں کیا معلوم تھا کہ وہ تمہاری—"

شاہان کی بات ابھی پوری بھی نہ ہوئی تھی کہ ہاشم نے تکیے کا سہارا لے کر اٹھنے کی کوشش کی۔ اس کی آنکھیں غصے سے سرخ تھیں۔

ہاشم گرج دار مگر لرزتی آواز میں بولا:

"تم سب وہاں موجود تھے اور اس لڑکی کے ساتھ اتنی بدتمیزی ہوتی رہی؟ کیا کالج کے اساتذہ مر گئے تھے؟ اور تم، شاہان! تم نے ان سینئرز کو روکا کیوں نہیں؟"

:آرزان آہستہ سے ہاشم کے کندھے پر ہاتھ رکھتے ہوئے بولا

ہاشم، خود کو سنبھال بھائی، تیری طبیعت بہت خراب ہے۔ اور... وہ لڑکی میسا تھی،"
"مجھے اندازہ ہو گیا تھا۔

ہاشم نے غصے سے آرزان کا ہاتھ جھٹک دیا۔

جہانگیر! مراد! آراز! سب یہاں آؤ! میں صرف ایک دن کالج نہیں گیا اور تم لوگوں نے"
یہ سب ہونے دیا؟ وہ میسا تھی... وہ میرا انتظار کر رہی تھی۔ اسے مجھ پر بھروسہ
"تھا کہ ہاشم بخامنشی آئے گا اور اسے ان کتوں سے بچائے گا۔

اس نے گہرا سانس لیا۔ بخار کی تپش اس کے الفاظ میں آگ بن کر اتر رہی تھی۔

:ہاشم بولا

کالج کے یہ لڑکے پاگل کتوں کی طرح ہو چکے ہیں۔ ان کو لگام ڈالنا ضروری ہے۔ اور وہ"
لڑکیاں جو بخامنشی کونسل میں عہدے مانگنے آئی تھیں، مجھے ان کا بھی علم ہے۔
اوپر سے میٹھی بنتی ہیں، مگر دلوں میں زہر بھرا ہے۔ انہوں نے میسا کی مدد کرنے کے
"بجائے اسے تماشہ بنا دیا۔

:مراد نے آگے بڑھ کر کہا

"بھائی، حکم دیں، ہم ابھی جا کر ان سینئرز کا حساب برابر کر دیتے ہیں۔"

ہاشم نے سخت لہجے میں کہا:

"نہیں۔ یہ حساب میں خود کروں گا۔ میری طبیعت اس وقت اجازت نہیں دے رہی، مگر جس دن میں ٹھیک ہو کر کالج میں قدم رکھوں گا، وہاں کی دیواریں گواہی دیں گی کہ کسی بخامنشی کی امان میں آئی ہوئی لڑکی کی طرف میلی نظر ڈالنے کا انجام کیا ہوتا ہے۔"

اس نے دوبارہ فون اٹھایا اور میسا کا نمبر ملایا، مگر دوسری طرف فون بند جا رہا تھا۔ اس کے ماتھے پر پسینہ تھا، مگر اس کا عزم پتھر کی طرح مضبوط ہو چکا تھا۔

ہاشم نے حکم دیتے ہوئے کہا:

"اب سب یہاں سے جاؤ۔ اور شاہان... کل سے میسا کے گرد ایسا حصار ہونا چاہیے کہ کوئی پرندہ بھی اس کی طرف پر نہ مار سکے۔

یہ ہاشم بخامنشی کا حکم ہے۔"

Chapter 18

باکو لاء کالج – کیفے ٹیریا کا بیرونی منظر

Figure 18.1

کالج کے برآمدے میں دھوپ پھیلی ہوئی تھی، مگر میسا میخانچی کے چہرے پر اداسی کے بادل چھائے ہوئے تھے۔ وہ خاموشی سے ایک نشست پر بیٹھی اپنے ہاتھ میں تھامی ہوئی موبائل پر نظریں جمائے ہوئے تھی۔ بار بار اس کی نگاہ ہاشم کے آخری پیغام پر ٹھہر جاتی، جس میں اس نے آنے کا وعدہ کیا تھا۔

اسی لمحے پروانہ اور نرمین، جو کالج کی سیاست اور پوشیدہ سازشوں میں بدنام تھیں، میسا کے قریب آ کر بیٹھ گئیں۔ ان کے چہروں پر ہمدردی کا نقاب تھا، مگر آنکھوں میں ہاشم کے لیے حسد کی چنگاریاں دہک رہی تھیں۔

پروانہ نہایت نرمی سے بولی:

"میسا! ہم نے سنا ہے کہ کچھ بڑے درجے کے طلبہ نے تمہارے ساتھ بدتمیزی کی ہے۔ آخر معاملہ کیا تھا؟ تم بہت پریشان لگ رہی ہو۔"

نرمین بات کاٹتے ہوئے بولی:

"ویسے میسا، تم نے ہاشم بخامنشی کو تو بتایا ہی ہوگا؟ وہ تو خود کو اس کالج کا بے تاج بادشاہ سمجھتا ہے، آج اسے یہاں تمہاری ڈھال بن کر کھڑا ہونا چاہیے تھا۔"

میسا نے آہستہ آواز میں جواب دیا:

"جی... ہاشم کو علم ہے۔ انہوں نے کہا تھا کہ وہ آئیں گے اور سب خود دیکھ لیں گے... مگر وہ نہیں آئے۔"

پروانہ اور نرمین نے ایک دوسرے کو شاطرانہ نگاہوں سے دیکھا۔ یہی وہ لمحہ تھا جس کے وہ منتظر تھیں۔

پروانہ زہرخند لہجے میں بولی:

"میسا، تم کتنی معصوم ہو۔ ہاشم صرف اپنی دھاک بٹھانے کے لیے بڑی بڑی باتیں کرتا ہے۔ حقیقت یہ ہے کہ وہ ایک بزدل انسان ہے۔ اسے معلوم تھا کہ سامنے بااثر طلبہ ہیں، اس لیے وہ پیٹھ دکھا کر کہیں چھپ گیا۔"

نرمین نے تائید کی:

"بالکل! یہ ہخامنشی صرف تب تک شیر ہیں جب تک سامنے کوئی کمزور ہو۔ آج ان کی اصل حقیقت کھل گئی ہے۔"

میسا کشمکش میں مبتلا ہو گئی۔ اس کے ذہن میں ہاشم کی رعب دار شخصیت اور ان لڑکیوں کی زہریلی باتیں آپس میں ٹکرا گئیں۔ وہ سوچنے لگی، کیا واقعی ہاشم نے اسے اکیلا چھوڑ دیا؟

اسی اثنا میں تیمور اور ایلچن وہاں پہنچ گئے۔ وہ ہاشم کے وفادار ساتھی تھے اور اسے اپنا رہنما مانتے تھے۔ انہوں نے ان دونوں لڑکیوں کی باتیں سن لی تھیں۔

تیمور گرجدار آواز میں بولا:

"مس پروانہ! شاید آپ کی یادداشت کمزور ہو گئی ہے۔ کیا آپ بھول گئیں کہ پچھلے سال جب ایک بااثر خاندان کے طالب علم نے آپ کے ساتھ بدتمیزی کی تھی، تب کیا ہاشم نے پیٹھ دکھائی تھی؟ کیا وہ ہاشم ہی نہیں تھا جس نے اس لڑکے کو آپ کے قدموں میں لا گرایا تھا؟"

پروانہ اور نرمین کے چہرے ایک دم زرد پڑ گئے۔

ایلچن طنزیہ مسکراہٹ کے ساتھ بولا:

"کیوں، اب زبان گنگ کیوں ہو گئی؟ ہاشم کے خلاف زہر کیوں گھولا جا رہا ہے؟ صرف اس لیے کہ اس نے تمہیں کونسل میں وہ خاص عہدے نہیں دیے جن کی تم بھیک مانگ رہی تھیں؟ یا اس لیے کہ ہاشم کی شخصیت نے تمہارے سرپرستوں کی سیاست کا جنازہ نکال دیا ہے؟"

تیمور بلند آواز میں بولا:

"اب بھاگ کیوں رہی ہو؟ سامنے ہاشم کو بھائی کہتی ہو اور پیٹھ پیچھے مخالفین کا کام کرتی ہو؟"

وہ دونوں لڑکیاں بغیر کوئی جواب دیے، نظریں چرا کر وہاں سے تیزی سے نکل گئیں۔ تیمور اور ایلچن نے ایک دوسرے کی طرف دیکھ کر قہقہہ لگایا، پھر میسا کی طرف متوجہ ہوئے۔ اب ان کا لہجہ نرم اور باوقار تھا۔

ایلچن نے کہا:

"بہن، دل چھوٹا نہ کریں۔ ہاشم بھائی کے ساتھ یقیناً کوئی سنگین معاملہ پیش آیا ہے، ورنہ بخامنشی کبھی پیچھے نہیں ہٹتے۔ وہ آپ کے لیے ضرور آئیں گے۔"

مقام: بخامنشی حویلی – ہاشم کا کمرہ (رات)

دوسری طرف ہاشم اپنے کمرے میں بخار کی شدت اور ذہنی اذیت کے حصار میں تھا۔ وہ بستر پر لیٹا چھت کو گھور رہا تھا، مگر اس کے خیالات مسلسل میسا کے گرد گردش کر رہے تھے۔

"وہ کیا سوچ رہی ہوگی؟ کیا وہ ان سازشی باتوں میں آ تو نہیں گئی؟"

جب بے چینی حد سے بڑھی تو اس نے آرزان کو بلایا۔ کچھ ہی دیر میں آرزان کمرے میں داخل ہوا۔ ہمیشہ شوخ و شنگ آرزان آج غیر معمولی طور پر سنجیدہ اور اداس دکھائی دے رہا تھا۔

ہاشم بھاری آواز میں بولا:

"آرزان... میرے پاس بیٹھو۔ آج دل بہت بوجھل ہے۔ کیا تم جانتے ہو، دل کی بے چینی سب سے زیادہ تب تکلیف دیتی ہے جب انسان کسی کا مان ٹوٹتے دیکھ رہا ہو اور خود کچھ کرنے کے قابل نہ ہو؟"

ہاشم نے زندگی، بے بسی اور دل کے دکھ پر ایسے گہرے جملے کہے کہ آرزان کی آنکھیں بھی نم ہو گئیں۔ اس نے خاموشی سے ایک سگریٹ سلگایا اور ہاشم کی طرف بڑھایا۔ یہ پہلا موقع تھا جب وہ ہاشم کے سامنے اتنی سنجیدگی سے بیٹھا تھا، جیسے اس کے غم کا بوجھ بانٹ رہا ہو۔

اسی لمحے کمرے کا دروازہ کھلا۔ ہاشم کا کم عمر بھانجا اندر داخل ہوا۔ اس کے معصوم چہرے پر غیر معمولی سنجیدگی تھی، گویا وہ اپنے ماموں کی تکلیف محسوس کر رہا ہو۔ اس کے ہاتھوں میں آذربائیجان کی روایتی چائے کی طشتری تھی۔

وہ خاموشی سے قریب آیا، میز پر چائے کے دو پیالے رکھے، پھر ایک لمحے کے لیے ننھے ہاتھ سے ہاشم کے ماتھے کو چھو کر بخار محسوس کیا اور بغیر کچھ کہے باہر چلا

گیا۔ اس خاموش محبت نے ہاشم کے زخمی دل پر مرہم رکھ دیا۔

:آرزان نے چائے کا گھونٹ لیا اور بولا

ہاشم، یہ چائے نہیں، یہ اس بات کا پیغام ہے کہ تمہارے اپنے تمہارے ساتھ ہیں۔ کل کا"
"سورج تمہاری واپسی کا سورج ہوگا۔

:ہاشم نے نیم وا آنکھوں سے آرزان کی طرف دیکھا اور دھیمی مگر پختہ آواز میں بولا

لوگ سمجھتے ہیں کہ ہخامنشی صرف لڑنا جانتے ہیں، مگر وہ یہ نہیں جانتے کہ ہم ہر"
جگہ نہیں لڑتے۔

میں ایسی جنگ کا حصہ نہیں بنتا جہاں شکست یقینی ہو، کیونکہ ہخامنشی کی
تاریخ میں پیچھے ہٹنا تو ہے، مگر ذلت آمیز ہار نہیں۔

دل کی بے چینی روح کا وہ شور ہے جو ضمیر کے خاموش ہو جانے پر سنائی دیتا ہے۔

جب اعتبار کی بنیادیں لرز جائیں تو عمارت کتنی ہی مضبوط کیوں نہ ہو، گر جاتی ہے۔

بیماری جسم کو توڑتی ہے، مگر اپنوں کی خاموشی اور دشمنوں کی سازش حوصلے کو
راکھ کر دیتی ہے۔

ہاشم ہخامنشی کا انتظار وہ طوفان ہے جو آنے سے پہلے کی خاموشی میں چھپا ہوتا
ہے، اسے کمزوری مت سمجھنا۔

محبت میں کشمکش تب جنم لیتی ہے جب دماغ حقیقت دیکھ رہا ہو اور دل معجزے
کی امید لگائے بیٹھا ہو۔

حقیقی سردار وہ نہیں جو ہجوم کے ساتھ چلے، بلکہ وہ ہے جو تنہا کھڑا ہو کر بھی
ایک ہجوم معلوم ہو۔

انسان کی اصل پہچان بے بسی میں ہوتی ہے، کیونکہ طاقت میں تو ہر کوئی شیر بن
"جاتا ہے۔

آرزان نے گہرا کش لیا، دھواں فضا میں چھوڑا اور پہلی بار پوری سنجیدگی سے ہاشم کی آنکھوں میں دیکھ کر بولا:

"بھائی، بے چینی اس دریا کی مانند ہے جو اوپر سے ساکن دکھائی دیتا ہے، مگر اندر پہاڑوں کو کاٹنے کی قوت رکھتا ہے۔

وفاداری کی قیمت اکثر تنہائی ہوتی ہے، اور ہم بخامنشی اس قیمت کو ادا کرنے سے کبھی نہیں گھبراتے۔

وقت کتنا ہی کٹھن کیوں نہ ہو، یاد رکھنا، ہیرے پر جتنا دباؤ پڑتا ہے وہ اتنا ہی زیادہ چمکتا ہے۔"

Chapter 19

پندرا دن بعد شیر کی واپسی قہر و مرہم

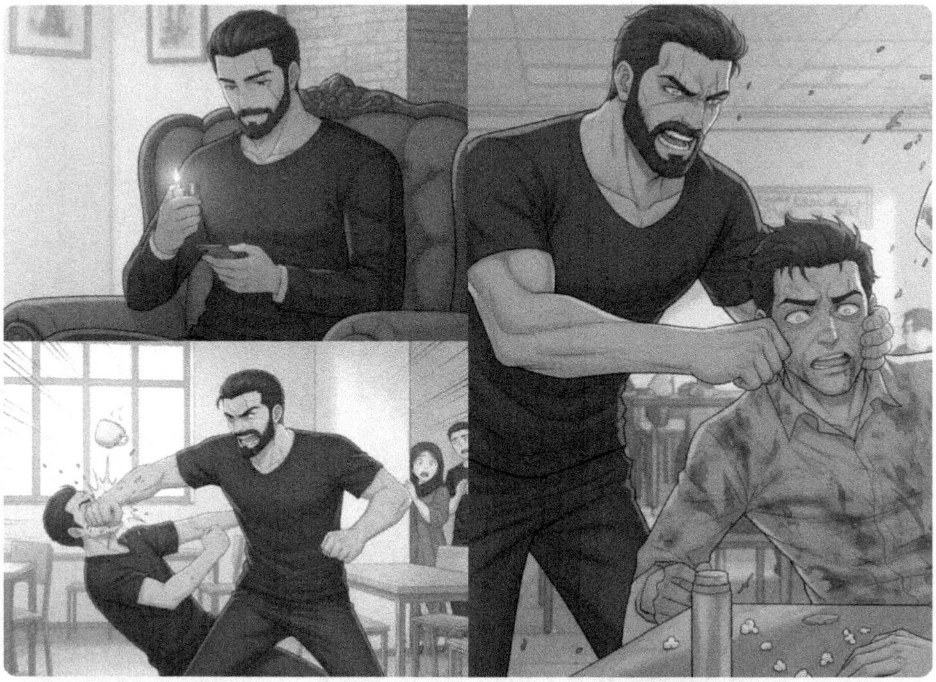

Figure 19.1

پندرہ دن بعد — بخامنشی حویلی (رات)

خزاں کی سرد رات بخامنشی حویلی کے در و دیوار سے لپٹی ہوئی تھی۔ پندرہ دن کی شدید علالت نے ہاشم کے رعب دار وجود کو تھکا ضرور دیا تھا، مگر اس کی آنکھوں میں سلگتی ہوئی انتقام کی آگ کو سرد نہ کر سکی تھی۔ جیسے ہی اسے احساس ہوا

کہ اس کا جسم ایک بار پھر اس کے ارادوں کا بوجھ اٹھانے کے قابل ہو چکا ہے، اس نے سب سے پہلا رابطہ اپنے قابلِ اعتماد ساتھی تیمور سے کیا۔

تیمور! کل جیسے ہی وہ لوگ، جنہوں نے میسا کی تذلیل کی تھی، قانون کالج، باکو“ کی حدود میں قدم رکھیں، مجھے فوراً خبر دینا۔

”میں یہ حساب کسی اور کے ہاتھ میں نہیں چھوڑوں گا۔

ہاشم کی آواز میں وہی بھاری پن تھا جو آنے والے طوفان کی پیشگی خبر دیتا ہے۔

اگلی صبح — قانون کالج، باکو (دوپہر)

سورج عین سر پر تھا، مگر کالج کے دروازے پر کھڑے تیمور کے چہرے پر ایک عجیب سی فاتحانہ مسکراہٹ پھیلی ہوئی تھی۔ اس نے اس دن کے بارے میں ایلچن تک کو کچھ نہ بتایا تھا۔

اچانک بخت یار اپنے گروہ کے ساتھ اندر داخل ہوا۔ ان کے چلنے میں وہی پرانی اکڑ، اور لبوں پر وہی کمینہ سا تبسم تھا۔

تیمور نے فوراً اپنے ہاتھ میں موجود آلہ نکالا اور ہاشم کو صرف ایک لفظ بھیجا:

”نشان“

پھر اس نے افسوس سے سر ہلایا۔

"...بیچارہ بخت یار"

ایلچن، جو ہاتھ میں نمکین مکئی لیے کھڑا تھا، الجھن میں پڑ گیا۔

"ارے پاگل! یہ تمہیں بیچارہ کیوں لگ رہا ہے؟ کل تک تو تم اس کا سر توڑنے کے منصوبے بنا رہے تھے۔"

تیمور نے آسمان کی طرف دیکھا۔

"آج کا موسم دیکھو، ایلچن۔ تمہیں نہیں لگتا کہ بخت یار نے بالوں پر جو بناوٹ بنائی ہے، آج وہ مٹی میں ملنے والی ہے؟ آج باکو کی فضا میں صرف ہوا نہیں، انجام کی بو ہے۔ بس دیکھتے رہو۔"

ادھر کینٹین میں بخت یار بے فکری سے چائے پی رہا تھا، اس بات سے بے خبر کہ وقت اس کے دروازے پر دستک دے چکا ہے۔ تیمور اور ایلچن ایک ساتھ بول اٹھے:

"!واقعی... بیچارہ بخت یار"

میدانِ تصادم

اچانک کالج کے صحن میں پہیوں کے رگڑنے کی خوفناک آواز گونجی۔ ایک سیاہ گاڑی بپھرے ہوئے جانور کی طرح اندر داخل ہوئی اور کینٹین کے سامنے جا رکی۔

دروازہ کھلا، اور ہاشم بخاموشی باہر نکلا۔ نہ کسی وکیلانہ لباس میں، نہ کسی رسمی انداز میں۔ سادہ سیاہ لباس اور عام چپل، مگر چہرے پر وہ پرانا زخم آج پہلے سے زیادہ گہرا اور خوفناک دکھائی دے رہا تھا۔

ہاشم نے نہ کوئی تنبیہ کی، نہ کوئی سوال۔ وہ سیدھا بخت یار کی میز تک پہنچا۔

بخت یار کے ہاتھ سے چائے کا پیالہ چھوٹ کر زمین پر گر گیا۔ وہ کچھ کہہ بھی نہ پایا تھا کہ ہاشم کا وزنی ہاتھ اس کے جبڑے پر آ لگا۔

اس کے بعد جو منظر تھا، وہ کالج کی تاریخ میں ہمیشہ کے لیے درج ہو گیا۔ ہاشم نے ان سب کو اس طرح زیر کیا جیسے سوکھی شاخیں ٹوٹتی ہیں۔ ہر وار میں پندرہ دن کی بے بسی، اور میسا کی آنکھوں سے بہے ہوئے وہ آنسو شامل تھے جو اس کی غیر موجودگی میں گرے تھے۔

تیمور اور ایلچن ایک طرف کھڑے نمکین مکئی کھاتے ہوئے اس منظر کو اس طرح دیکھ رہے تھے جیسے کوئی طویل معرکہ آنکھوں کے سامنے ہو۔

جب سب کچھ ختم ہو چکا، تو ہاشم نے بخت یار کو بالوں سے پکڑ کر گھسیٹا، اور پورے برآمدے میں اس کی گرج دار آواز گونجی:

“آج کے بعد اگر باکو کی ہوا نے بھی اس لڑکی کا رخ کیا جو میری امان میں ہے، تو انجام آج سے کہیں زیادہ دردناک ہوگا!”

دکھاوے کی ہمدردی

نرمین اور پروانہ، جو اب تک چھپی ہوئی تھیں، ہاشم کا یہ روپ دیکھ کر سہم گئیں۔ مگر ان کی فطرت فوراً بدل گئی۔ وہ کہیں سے پھولوں کا بڑا گلدستہ اور مٹھائی لے آئیں تاکہ اپنی جھوٹی ہمدردی ظاہر کر سکیں۔

ہاشم کتب خانے کی طرف بڑھ رہا تھا کہ وہ دونوں اس کے سامنے آ گئیں۔

"ہاشم بھائی! آپ کہاں تھے؟ ہمیں معلوم ہوا آپ بہت بیمار تھے۔ یہ سب ہم نے آپ کے لیے لایا ہے۔"

انہوں نے فوراً جونیئر طالبات کو جمع کیا، جن کے درمیان میسا بھی موجود تھی۔ اس کا سر جھکا ہوا تھا، نگاہیں زمین پر جمی ہوئی تھیں۔

ہاشم کی نظر پورے ہجوم سے گزرتی ہوئی سیدھی میسا کے چہرے پر ٹھہر گئی۔

مٹھائی بانٹنے کی یہ رسم محض دکھاوا تھی، مگر ہاشم کا دل کہیں اور الجھا ہوا تھا۔ جہاں جہاں میسا قدم رکھتی، اس کی نگاہیں وہیں جا ٹھہرتیں۔ اس کے دل میں ایک خلش تھی:

"کیا اس نے میرا آخری پیغام نہیں دیکھا تھا؟ کیا وہ مجھ سے خفا ہے؟ اس خاموشی کو کیسے توڑا جائے؟"

رات کی خاموش گفتگو

رات کے وقت میسا اپنے گھر کے سکون میں تھی، اور ہاشم حویلی میں بے چین۔ اچانک اس کے ہاتھ میں موجود آلہ روشن ہوا۔ میسا کا پیغام تھا۔

میسا:

"معذرت! میں نے آپ کا آخری پیغام نہیں دیکھا تھا، جس میں آپ نے کالج نہ آنے کو کہا تھا۔ اب طبیعت کیسی ہے؟"

ہاشم کے چہرے پر ہلکی سی مسکراہٹ آ گئی۔ دل کا بوجھ اتر گیا۔

ہاشم:

"اب بہتر ہوں، شکر ہے۔ تم بتاؤ، کیسی ہو؟"

میسا:

"میں ٹھیک ہوں۔ ویسے آج جو پھول آپ کو دیے گئے تھے، وہ بہت خوبصورت تھے۔ مجھے پھول پسند ہیں..."

ہاشم اس جملے میں چھپی ہوئی ہلکی سی جلن کو بھانپ گیا۔ اس نے مسکرا کر جواب لکھا:

”اگر تمہیں پسند ہیں تو وہ تمہارے ہی ہیں۔ ویسے وہ سب میری بہنوں جیسی ہیں۔“

پیغام بھیج کر ہاشم نے آگ جلانے والا آلہ روشن کیا اور اس کی لو کو دیکھنے لگا۔ اسے معلوم تھا کہ یہ تو بس ابتدا ہے۔

،ہخامنشی کی میراث میں اب صرف زمینیں نہیں تھیں

اب اس میں میسا کی حفاظت بھی شامل ہو چکی تھی۔

Chapter 20

نخرے اور ایک شیر کی معصومانہ مسکراہٹ

Figure 20.1

اگلی صبح ہاشم حسبِ معمول کالج پہنچا۔ آج وہ کالے لباس میں ملبوس تھا۔

چہرے پر وہی پرانا گہرا زخم اپنی جگہ موجود تھا، مگر اس کے باطن میں ایک عجیب سی بے قراری موجزن تھی۔

رات میسا سے ہونے والی گفتگو نے اس کے دل میں ایک ہلکی سی امید جگا دی تھی۔

جیسے ہی وہ کالج کے احاطے میں داخل ہوا، ہر سمت سے احترام اور خوف میں لپٹی ہوئی نظریں اس کا استقبال کرنے لگیں۔

کینٹین کے واقعے کے بعد اب کسی میں یہ جرات باقی نہ رہی تھی کہ اس کے سامنے آواز بلند کرے۔

ہاشم سیدھا لائبریری کی طرف بڑھا۔

وہاں ایک کونے میں میسا بیٹھی کتاب میں مگن تھی۔

ہاشم آہستگی سے اس کے قریب گیا اور برابر والی کرسی پر بیٹھ گیا۔

میسا نے ایک لمحے کے لیے اس کی طرف دیکھا، پھر ایسے جیسے کچھ ہوا ہی نہ ہو، دوبارہ کتاب میں کھو گئی۔

ہاشم:

"اَہم... میسا۔"

میسا نے بغیر دیکھے ہلکا سا سر ہلا دیا۔

ہاشم:

"مجھ سے ناراض ہو؟"

میسا نے کتاب بند کی، میز پر رکھی اور ہاشم کی طرف دیکھا۔

اس کی آنکھوں میں ہلکا سا غصہ اور بہت سا ناز جھلک رہا تھا۔

میسا:

"ہوں۔ بہت ناراض ہوں۔"

ہاشم کے لبوں پر مدھم سی مسکراہٹ آ گئی۔ وہ اپنے بھاری لہجے کو نرم کرنے کی کوشش کر رہا تھا۔

ہاشم:

"کیوں؟ ایسا کیا ہو گیا؟"

میسا (ہلکے طنز کے ساتھ):

"کیوں نہیں؟ تم نے مجھے صدمہ دیا ہے۔"

ہاشم (حیرانی سے):

"میں نے؟ کیسے؟"

میسا (غصے میں):

تم... تم ان لڑکوں سے ڈر گئے تھے۔ کالج نہیں آئے۔"

اور سب کہہ رہے تھے کہ ہاشم بخامنشی بزدل ہے!

مجھے کتنی شرمندگی اٹھانی پڑی!"

ہاشم پہلے مسکرایا،

پھر اچانک اس کے قہقہے لائبریری کی فضا میں گونجنے لگے۔

وہ کھل کر ہنس رہا تھا۔

کالج میں شاید ہی کسی نے اسے اس طرح ہنستے دیکھا ہو۔

ہاشم (ہنسی سنبھالتے ہوئے، آنکھوں میں شرارت لیے):

ہاں ہاں میسا، بالکل ٹھیک۔"

وہ تو کالج کے بادشاہ ہیں، بہت بڑے لوگ۔

میں تو بس چھپ گیا تھا۔"

میسا (بغیر دیکھے):

"تو پھر یہاں کیوں آئے ہو؟

جاؤ انہی بڑے لوگوں کے پاس جن سے تم اتنا ڈرتے ہو!"

ہاشم (انتہائی معصومیت سے):

"ارے میسا! اب کیا غریب کی جان لوگي؟

پندرہ دن بخار میں پڑا رہا۔

اوپر سے وہ لڑکے اتنے طاقتور...

میں تو ان کے سامنے کھڑا بھی ہوتا تو ہوا میں اڑ جاتا۔"

یہ کہہ کر ہاشم نے لمبا سانس لیا اور آنکھوں میں مصنوعی خوف بھر لیا۔

میسا نے مڑ کر اسے دیکھا۔

وہی رعب دار چہرہ، بائیں آنکھ کے اوپر گہرا زخم،

مگر اس وقت وہ سب کچھ خوفناک نہیں لگ رہا تھا۔

وہ جان بوجھ کر بالکل ایک معصوم بچے جیسا بنا بیٹھا تھا۔

میسا (ذرا نرم ہوتے ہوئے):

"ہاشم، تم نے مجھے واقعی صدمہ دیا ہے۔

میں نے سمجھا تھا میرا دوست بہادر ہوگا،

مگر تم تو بزدل نکلے۔"

ہاشم (ہنستے ہوئے):

"ہاہاہا! بہادری اور میں؟

ارے میں تو کمرے میں چھپکلی دیکھ لوں تو تکیے کے نیچے گھس جاتا ہوں۔

وہ لڑکے تو پھر بھی انسان تھے۔

تم نے سنا نہیں کالج میں سب کیا کہہ رہے ہیں؟

کتنے پہنچے ہوئے لوگ ہیں!"

میسا کو غصہ تو آیا،

مگر ہاشم کے بھیگی بلی بننے کے انداز نے اسے ہنسنے پر مجبور کر دیا۔

ہاشم نے چپکے سے اپنی آستین کے اندر ہاتھ چھپا لیا،

تاکہ وہ خراشیں نظر نہ آئیں جو لڑائی کے دوران لگی تھیں۔

لائبریری کی دوسری جانب:

دو لڑکیاں یہ منظر دیکھ کر حیرت میں ڈوبی کھڑی تھیں۔

پہلی لڑکی:

"یہ ہاشم کو کیا ہو گیا ہے؟

کل کینٹین میں تو وہ بھوکے شیر کی طرح ان لڑکوں پر ٹوٹ پڑا تھا۔

اس کی آواز سے پوری کینٹین لرز رہی تھی!"

دوسری لڑکی (حیرانی سے):

"اور یہاں دیکھو،

میسا اسے بزدل کہہ رہی ہے اور وہ آگے سے صفائیاں دے رہا ہے؟

یہ اتنا بڑا ڈھونگ کیوں رچا رہا ہے؟"

پہلی لڑکی:

"لگتا ہے وہ اپنا اصل خوفناک چہرہ میسا سے چھپا رہا ہے۔

شاید وہ نہیں چاہتا کہ میسا کو کبھی اندازہ ہو کہ وہ کتنا خطرناک ہے۔

دیکھو، کیسے مسکرا کر باتیں کر رہا ہے۔

ہم نے تو اسے کبھی مسکراتے بھی نہیں دیکھا تھا۔"

:واپس ہاشم اور میسا کی طرف

میسا نے اپنی کتاب ہاشم کے سامنے رکھ دی۔

:میسا

اچھا، اگر تم اتنے ہی ڈرپوک ہو تو یہ امتحان یاد کروا دو۔"

"کم از کم پڑھائی میں تو بہادری دکھاؤ۔

ہاشم نے فوراً کتاب تھام لی اور فرمانبردار انداز میں سر ہلا دیا۔

:ہاشم

"!جی بالکل

جو آپ فرمائیں۔

،بس دعا کرنا وہ لڑکے دوبارہ ادھر نہ آ جائیں

"!ورنہ میں تو میز کے نیچے چھپ جاؤں گا

ہاشم دل ہی دل میں مسکرا رہا تھا۔

،وہ جانتا تھا کہ جس دن میسا کو اس کی اصل طاقت

اس کی قربانیاں اور اس کی خاموش جنگیں معلوم ہوئیں،

اس دن ان کے رشتے کی سمت ہی بدل جائے گی۔

ابھی وہ صرف وہ دوست بننا چاہتا تھا

جسے دیکھ کر میسا کے لبوں پر مسکراہٹ آئے،

خوف نہیں۔

Chapter 21

بھتیجے کا داخلہ اور ہاشم کا امتحان

Figure 21.1

لائبریری میں ہاشم میسا کے سامنے بیٹھا اسے امتحان کے نکات یاد کروا رہا تھا۔ باتوں ہی باتوں میں وہ اپنی کم ہمتی کے قصے سنا کر اسے ہنسا رہا تھا کہ اچانک لائبریری کا بھاری دروازہ آہستگی سے کھلا۔

ایک طویل قامت، سنجیدہ اور خاموش طبیعت نوجوان اندر داخل ہوا۔

اس کے خدوخال ارزان سے ملتے جلتے تھے، مگر آنکھوں میں غیر معمولی سنجیدگی اور ٹھہراؤ تھا۔

یہ اراز تھا... ہاشم کا بھتیجا۔

اراز نے دور سے اپنے چچا کو دیکھا۔ وہی ہاشم بخامنشی، جو خاندان میں جلال اور رعب کی علامت سمجھا جاتا تھا، اس وقت ایک لڑکی کے سامنے کتاب تھامے نہایت سادہ اور نرم انداز میں بیٹھا تھا۔

اراز کی آنکھیں حیرت سے پھیل گئیں۔

اس نے زندگی میں کبھی اپنے چچا کو اس روپ میں نہیں دیکھا تھا۔

اراز ہاشم کے قریب آیا۔ اس کی آواز دھیمی تھی، مگر لہجے میں وقار نمایاں تھا۔

اراز:

چچا جان! آپ یہاں ہیں؟"

تیمور اور ایلچن بتا رہے تھے کہ آج کالج میں کچھ لڑکوں کی خوب خبر لی گئی ہے۔

لوگوں سے کب مسئلہ ہوا؟

کیا آپ کا کسی سے ٹکراؤ ہوا تھا؟

"کن لڑکوں کے جبڑے ٹوٹے ہیں؟

ہاشم کے ماتھے پر فوراً پسینہ آ گیا۔ اس نے تیزی سے اراز کو آنکھ سے اشارہ کیا کہ خاموش رہے۔

میسا نے حیرت سے اراز کو دیکھا۔

میسا:

"چچا جان؟

ہاشم، یہ تمہیں چچا کیوں کہہ رہا ہے؟

اور یہ کن لڑکوں کی بات کر رہا ہے؟"

ہاشم نے فوراً گھبراہٹ چھپاتے ہوئے نرمی اوڑھ لی۔

ہاشم:

"ارے... ارے میسا!

یہ اراز ہے، میرا دور کا بھتیجا۔

ذرا زیادہ کہانیاں سننے کا شوقین ہے، اسی لیے باتوں کو بڑھا چڑھا کر بیان کرتا ہے۔

اراز! تم جاؤ، دیکھو میں کتنا ڈرا ہوا ہوں، مجھے ابھی میسا کو امتحان یاد کروانا ہے۔"

اراز نے اپنے جلالی چچا کی یہ حالت دیکھی تو ہنسی ضبط کرنا اس کے لیے مشکل ہو گیا۔

وہ ہاشم، جس کے سامنے خاندان کے بڑے بڑے افراد بھی محتاط رہتے تھے، یہاں ایک لڑکی کے سامنے بالکل سادہ سا بنا بیٹھا تھا۔

اراز نے شرارت سے بات سنبھالی۔

اراز:

جی جی، میں بھول ہی گیا تھا۔"

آپ تو بہت نازک دل نکلے۔

"میسا بی بی، ان کا خیال رکھیے گا، یہ تو ذرا سی آواز سے بھی گھبرا جاتے ہیں۔

میسا نے اراز کی بات کو سچ سمجھا اور ہمدردی سے ہاشم کی طرف دیکھا۔

اراز مسکراتا ہوا وہاں سے نکل گیا، مگر ہاشم جانتا تھا کہ حویلی پہنچ کر اراز اسے آسانی سے نہیں چھوڑے گا۔

میسا:

"بیچارہ اراز کتنا سنجیدہ ہے، اسے کہنا ڈرایا نہ کرے تمہیں۔"

ہاشم دل ہی دل میں مسکرا اٹھا۔

:ہاشم (دل میں)

"شکر ہے آج بچ گیا،

ورنہ میرا یہ سادہ سا روپ بھی کینٹین کے ان لڑکوں کے جبڑوں کی طرح چکنا چور ہو جاتا۔"

Chapter 22

حویلی کی دیواریں اور میخانچیوں کا" زہریلا ماضی

Figure 22.1

کالج سے نکلتے ہی اراز تیزی سے بخامنشی حویلی پہنچا۔

حویلی کے وسیع و عریض دالان میں شام کے سائے آہستہ آہستہ گہرے ہو رہے تھے۔

ایک گوشے میں ایلخان بخامنشی اور امیر، جو قبیلے کا سردار تھا، کرسیوں پر براجمان کسی سنجیدہ اور گہری گفتگو میں مصروف تھے۔

ایلخان اپنے سیاہ کوٹ میں ہمیشہ کی طرح ایک سخت گیر وکیل کے روپ میں دکھائی دے رہا تھا،

جبکہ امیر کے ہاتھ میں موجود تسبیح کے دانوں کی ہلکی ہلکی آواز خاموش فضا میں گونج رہی تھی۔

اراز نے قریب آ کر ادب سے سلام کیا اور کچھ ہچکچاتے ہوئے بولا:

"ایلخان چچا، امیر بھائی! ایک ایسی بات معلوم ہوئی ہے جو شاید آپ دونوں کو پسند نہ آئے۔

ہاشم چچا کالج میں جس لڑکی کے قریب ہیں، وہ کوئی عام لڑکی نہیں۔

اس کا نام میسا میخانچی ہے۔"

"میخانچی؟"

امیر کے ہاتھ میں تسبیح کے دانے یکدم رک گئے۔

اس نے اپنی گھنی داڑھی کے پیچھے چھپے چہرے کو اراز کی طرف موڑا،

اور اس کی آنکھوں میں ایک پرانی دشمنی کی چنگاری بھڑک اٹھی۔

امیر (بھاری اور کڑوی آواز میں):

"میخانچی قبیلہ؟

وہی جن کے آباؤ اجداد نے ہمیشہ ہخامنشیوں کی پیٹھ میں چھرا گھونپا؟

اراز، کیا تم ہوش میں ہو؟

ہاشم اس قبیلے کی لڑکی کے ساتھ کیا کر رہا ہے؟"

ایلخان نے خاموشی سے اپنی عینک اتاری اور میز پر رکھ دی۔

اس کا چہرہ غصے سے تن گیا۔

ایلخان (ٹھنڈے مگر کاٹ دار لہجے میں):

"میخانچی قبیلے کا نام ہی غداری کی علامت ہے۔

امیر، تم بالکل درست کہتے ہو۔

ان کی تاریخ بزدلی اور فریب سے بھری پڑی ہے۔

یہ وہی لوگ ہیں جنہوں نے حشام بابا مرحوم کے زمانے میں زمینوں کے تنازع پر دشمنوں کا ساتھ دیا تھا۔

ان کے خون میں ہی مکاری بسی ہوئی ہے۔"

امیر نے غصے سے تسبیح اپنی مٹھی میں دبا لی اور بولا:

"میں میخانچیوں کی رگ رگ سے واقف ہوں۔

وہ اپنی بیٹیوں کو معصومیت کا لبادہ اوڑھا کر دشمنوں کے گھروں میں بھیجتے ہیں

تاکہ اندرونی راز حاصل کیے جا سکیں۔

یہ میسا نامی لڑکی بھی یقیناً کسی بڑے کھیل کا حصہ ہے۔

وہ ہاشم کو اپنی باتوں میں الجھائے گی

اور پھر ہمیں اندر سے کمزور کرے گی۔"

ایلخان نے سر ہلاتے ہوئے کہا:

"بالکل۔

میخانچی قبیلہ ہو یا کوئی اور،

سب کی نظریں ہمیشہ بخامنشیوں کی میراث پر جمی رہی ہیں۔

وہ جانتے ہیں کہ اس خاندان کی اصل طاقت ہاشم ہے،

اسی لیے انہوں نے اسی کو نشانہ بنایا ہے۔

ان کی عورتیں میٹھا بولتی ہیں،

مگر ان کے لفظوں میں زہر ہوتا ہے۔"

امیر اٹھ کر کھڑا ہو گیا۔

اس کا طویل قد اور سردارانہ رعب پورے دالان میں پھیل گیا۔

امیر (سخت لہجے میں):

"اگر ہاشم نادانی میں اس لڑکی کی معصومیت کے جال میں پھنس رہا ہے

تو ہمیں اسے روکنا ہوگا۔

میخانچیوں کا سایہ بھی اگر اس حویلی کی غیرت پر پڑا

تو یہ ہم سب کے لیے ڈوب مرنے کا مقام ہوگا۔

میں میخانچی قبیلے کے کسی فرد کو

ہخامنشیوں کے قریب برداشت نہیں کروں گا،

چاہے وہ کوئی لڑکی ہی کیوں نہ ہو۔"

اراز خاموشی سے ان دونوں کا غصہ دیکھتا رہا۔

وہ جانتا تھا کہ اب ہاشم کے لیے

اس دوستی کو نبھانا آسان نہیں رہا،

بلکہ شاید ناممکن ہو چکا ہے۔

Chapter 23

غیرت، آنسو اور قہقہے

Figure 23.1

حویلی کے دالان میں فضا یکدم بوجھل ہو گئی۔

امیر جب میخانچی قبیلے کی منافقت پر حد سے زیادہ تلخ ہونے لگا تو ہاشم کے صبر کا پیمانہ لبریز ہو گیا۔ جو اب تک خاموش تھا، وہ ایک جھٹکے سے اٹھا اور اس کی آنکھیں غصے سے سرخ ہو گئیں۔

ہاشم (گرج دار آواز میں):

"بس امیر! بس... بہت ہو گیا!"

امیر نے حیرت سے تسبیح روک لی۔ ہاشم نے اس کی آنکھوں میں آنکھیں ڈال کر کہا:

"میں جانتا ہوں کہ اراز نے تمہیں سب بتا دیا ہے کہ اس نے مجھے میسا کے ساتھ دیکھا تھا۔

اور ہاں، میں یہ بھی جانتا ہوں کہ وہ میسا میخانچی ہے۔

میں اس قبیلے کی تاریخ اور ان کی کم ظرفی سے تم سے زیادہ واقف ہوں،

مگر ایک بات کان کھول کر سن لو..."

ہاشم امیر کے قریب ہوا اور دھیمی مگر خطرناک آواز میں بولا:

"میسا اب میخانچی نہیں رہی۔

وہ میسا ہاشم بخمانشی ہے۔

وہ میری عزت ہے،

میرا مان ہے،

میرا انتخاب ہے۔

،تم میخانچیوں کو جتنا چاہو برا کہو

لیکن اگر میسا کے خلاف ایک لفظ بھی نکلا

تو میں بھول جاؤں گا کہ ہمارا رشتہ کیا ہے۔

تم جانتے ہو

میں اپنی عزت پر اٹھنے والی انگلی کے ساتھ کیا کرتا ہوں۔

باکو کی دیواریں

"آج بھی میرے غصے کی گواہی دیتی ہیں۔

دونوں کے درمیان تناؤ اس حد تک بڑھ گیا کہ لگ رہا تھا ابھی تصادم ہو جائے گا۔

اسی لمحے ارزان تیز قدموں سے دالان میں داخل ہوا۔ وہ صورتِ حال کی سنگینی سمجھے بغیر دونوں کے درمیان آ کھڑا ہوا۔

:ارزان (کندھوں سے پکڑتے ہوئے)

"اوئے! یہ کیا پاگل پن ہے؟

"تم دونوں جنگلی بیلوں کی طرح کیوں الجھ رہے ہو؟

ہاشم جو پہلے ہی غصے کے عروج پر تھا، اس نے ارزان کو پیچھے ہٹایا اور دو چار تھپڑ رسید کر دیے۔

ارزان، جو ہمیشہ ہنسی مذاق میں رہتا تھا، اس اچانک مار پر ہکا بکا رہ گیا۔ اس کی آنکھوں میں آنسو آ گئے۔ وہ غصے اور دکھ کے ملے جلے جذبات سے ہاشم کو دیکھنے لگا۔

ارزان (بھری ہوئی آواز میں):

"ہاشم... تو بدل گیا ہے۔

ایک لڑکی کی خاطر

تو نے اس دوست پر ہاتھ اٹھایا

جو تیرے ہر قدم پر ساتھ رہا؟

تو امیر پر چیخا

جو تیرے لیے جان دینے کو تیار ہے؟

جا ہاشم...

جی لے اپنی زندگی اس میسا کے ساتھ،

ہمیں تیری ضرورت نہیں۔"

ارزان کی آنکھ سے ایک آنسو ٹپکا۔

یہ منظر دیکھ کر امیر کی سنجیدگی ٹوٹ گئی اور وہ زور سے ہنس پڑا۔

امیر (ہنستے ہوئے):

"اے ہاشم! دیکھ تو سہی،

یہ شیر خان تو رونے لگا ہے!

یہ تو تیرے سامنے بھیگی بلی بن گیا!"

امیر کی ہنسی سن کر ہاشم کا غصہ برف کی طرح پگھل گیا۔

وہ آگے بڑھا، ارزان کو دیکھا جو ابھی تک آنکھیں صاف کر رہا تھا،

اور پھر ہاشم کے قہقہے سے پوری حویلی گونج اٹھی۔

ہاشم (مسکراتے ہوئے):

"اوئے ارزان!

اگر مجھے پہلے پتا ہوتا کہ تو اتنا اچھا روتا ہے

تو میں تجھے ڈرامہ سکھا دیتا۔

میسا کو چھوڑ،

تو ہی میری نازک سی میسا بن جا!"

ارزان نے پہلے منہ بنایا، پھر خود بھی ہنس پڑا۔

تینوں دوست حویلی کے باغ کی طرف چل دیے۔

وہاں بیٹھ کر ہاشم نے جیب سے سگریٹ نکالی،

تینوں نے دھواں فضا میں چھوڑا

اور سارا غصہ ایسے اڑ گیا

جیسے کچھ ہوا ہی نہ ہو۔

ہاشم اور امیر نے ایک دوسرے کو مضبوطی سے گلے لگا لیا۔

اب ارزان کی باری تھی۔

وہ دونوں پر فقرے کسنے لگا۔

ارزان (شرارت سے):

"امیر بھائی! ذرا سنبھل کر،

اب ہاشم بھائی سے بات کرنی ہو

تو پہلے بھابھی میسا سے اجازت لینی پڑے گی۔

کہیں ایسا نہ ہو

کہ ہاشم بھائی ہمیں بھی

میسا بھابی کا دشمن سمجھ کر

"!حویلی سے نکال دیں

،باکو کے باغ میں قہقہے بلند ہو رہے تھے

اور ہخمانشی حویلی کی فضا

ایک بار پھر

دوستی، مان اور بے ساختہ ہنسی کی خوشبو سے مہک اٹھی۔

:ہاشم (مسکراتے ہوئے، مگر آواز میں وزن تھا)

"...یاد رکھو

جس چیز کو دل قبول کر لے

،اس کی حفاظت تلوار سے نہیں

"جان سے کی جاتی ہے۔

Chapter 24

"ستارہ سٹی میں تین بندر اور حسن کا لشکارہ"

Figure 24.1

شاہان کی کالی گاڑی ستارہ سٹی کی سڑکوں پر اس انداز سے لہرا رہی تھی جیسے اسے پہیوں نے نہیں، غرور نے اٹھا رکھا ہو۔

اندر کا منظر بھی کچھ کم رنگین نہ تھا۔

شاہان نے وکیلوں والا سفید کالر کھول کر یوں پیچھے ڈال رکھا تھا جیسے قانون آج اس کا ملازم ہو۔

،جہانگیر آدھا جسم گاڑی کی چھت سے باہر نکالے ہوا سے باتیں کر رہا تھا

اور مراد پچھلی نشست پر بیٹھا کسی لڑکی کے غلط نمبر پر اپنی عاشقانہ شاعری سنا سنا کر اس کا صبر آزما رہا تھا۔

شاہان نے اچانک بریک لگائی۔

:شاہان (ہنستے ہوئے)

،اوئے جہانگیر! اندر آ جا"

ورنہ ستارہ سٹی کی لڑکیاں سمجھیں گی

"!کہ گاڑی سے تھانے دار کا کتا باہر جھانک رہا ہے

جہانگیر بال سنوارتے ہوئے اندر آ بیٹھا۔

:جہانگیر

"شاہان بھائی، حسد نہ کریں۔

ابھی ایک لڑکی نے مجھے دیکھ کر ہاتھ ہلایا ہے۔

،باکو میں تو کتے بھی ہمیں دیکھ کر راستہ بدل لیتے تھے

"!یہاں تو ہر طرف ہریالی ہی ہریالی ہے

مراد ابھی تک فون کان سے لگائے بیٹھا تھا۔

:مراد

...ہاں جی، میں بالکل شہزادہ لگ رہا ہوں"

کیا؟ آواز کٹ گئی؟

،ارے بی بی، میں پیاز کاٹنے والا نہیں

"!میں دل کاٹنے والا مراد ہوں

:فون بند ہوا تو وہ منہ بسور کر بولا

"!لعنت ہے! اس نے پوچھ لیا کہ کیا میں ہاشم بخمانشی کا نوکر ہوں"

شاہان ہنستے ہنستے دوہرا ہو گیا۔

:شاہان

"مراد، تیری شکل ہی ایسی ہے

،کہ لوگ تجھے باڈی گارڈ نہیں

"!لائٹر سمجھتے ہیں

گاڑی شہر کے مہنگے ترین کیفے کے سامنے رکی۔

وہ علاقہ جہاں لڑکیاں یوں ٹہل رہی تھیں

جیسے زمین نہیں، خوابوں کی گلی ہو۔

تینوں گاڑی سے اس انداز میں اترے

جیسے فلم کا منظر ہو

اور کیمرہ صرف انہی کے لیے رکا ہو۔

:جہانگیر نے سرگوشی کی

"یاد رکھنا، یہاں ہم بخمانشی نہیں ہیں۔

پوچھیں تو کہنا

"!کہ ہم حسن کی منڈی کا جائزہ لینے آئے ہیں

کیفے کے اندر ایک میز پر تین حسین لڑکیاں بیٹھی تھیں۔

مراد نے فوراً قمیص کے دو بٹن اور کھول دیے۔

مراد:

"بائیں والی میری،

دائیں والی تیری،

اور درمیان والی جہانگیر کی،

کیونکہ وہ بیچارہ سخت نظم و ضبط والا ہے!"

وہ ان کے پاس گیا اور بڑے اعتماد سے بولا:

"معاف کیجیے گا،

کیا یہ کرسی خالی ہے

یا میں یہاں اپنے ٹوٹے دل کے ٹکڑے رکھ دوں؟"

لڑکی نے مراد کو اوپر سے نیچے تک دیکھا اور بولی:

"کرسی تو خالی ہے،

لیکن دماغ میں جو خالی جگہ ہے

وہاں عقل کا رنگ کروا لیجیے!"

جہانگیر اور شاہان ہنستے ہنستے سنبھل نہ سکے۔

شاہان (قہقہہ لگا کر):

"اوئے مراد!

یہ ستارہ سٹی کی لڑکی ہے،

باکو کی بھینس نہیں

جو تیرے سحر میں آ جائے!"

ویٹر آ گیا۔

"آپ کیا لیں گے؟"

جہانگیر:

"ایسی چائے پلاؤ

کہ ہمیں لوگ رومانوی سمجھیں،

نام نہ پوچھیں!"

شاہان مسکرا کر بولا:

"اور خیال رکھنا،

میسا جیسی کوئی نظر نہ آ جائے،

ورنہ مجھے ہاشم کی معصوم شکل یاد آ جائے گی

اور ہاضمہ خراب ہو جائے گا!"

مراد ابھی بھی اسی لڑکی کو دیکھ رہا تھا۔

مراد:

"یار، اس نے میری بے عزتی کی ہے۔"

اس کا مطلب ہے وہ مجھے پسند کرتی ہے۔

بڑے شہروں میں

ایسی چھوٹی چھوٹی بے عزتیاں ہوتی رہتی ہیں!"

جہانگیر ہنستے ہوئے بولا:

"وہ لفظ کچھ اور تھا،

تو تو ہاشم سے بھی بڑا اداکار نکلا!"

وہ تینوں اتنی جگتیں لگا رہے تھے

کہ آس پاس بیٹھے لوگ کافی بھول کر

ان کے قہقہے سننے لگے۔

ستارہ سٹی کی وہ شام

ان تینوں کی وجہ سے

قہقہہ سٹی بن گئی۔

شاہان (مسکراتے ہوئے، آخری جملہ):

"زندگی اگر سنجیدگی میں گزر جائے

تو انسان تھک جاتا ہے،

اور اگر ہنستے ہنستے جیو

تو دنیا خود تم سے جلنے لگتی ہے۔"

Chapter 25

ستارہ سٹی کا دنگل اور سیلفی والی سرکار

Figure 25.1

کیفے کے باہر قہقہوں کی بازگشت ابھی دیواروں سے لوٹ ہی رہی تھی کہ اچانک فضا نعروں، گالیوں اور بےہودہ شور سے لرز اٹھی۔ ستارہ سٹی کی چمکتی ہوئی روشنیوں کے بیچ ایک بدنما منظر جنم لے چکا تھا۔

تقریباً پندرہ غنڈے—جن کے ہاتھوں میں ہاکی اسٹکس، لوہے کی زنجیریں اور موٹے موٹے ڈنڈے تھے—ایک معصوم سی لڑکی کو گھیرے کھڑے تھے۔ لڑکی اپنی اسکوٹی پر کہیں جا رہی تھی کہ ان درندوں نے راستہ روک لیا۔ خوف اس کے چہرے پر واضح تھا، ہاتھ کانپ رہے تھے، اور آنکھیں مدد کی تلاش میں اِدھر اُدھر بھاگ رہی تھیں، جبکہ وہ اوباش لڑکے قہقہے لگا کر بدتمیزی کر رہے تھے، جیسے شہر ان کے باپ کی جاگیر ہو۔

کیفے کے اندر، شیشے کی دیوار کے اُس پار یہ منظر دیکھتے ہی شاہان، جہانگیر اور مراد کے لہو میں ایک دم اُبال آ گیا۔ یہ صرف غصہ نہیں تھا—یہ وہی ہخمانشی خون تھا جو ناانصافی دیکھ کر خاموش نہیں رہتا۔

مراد نے کولڈ ڈرنک کا گلاس زور سے میز پر پٹخا، آواز ایسی کہ آس پاس بیٹھے لوگ چونک گئے۔

اوئے شاہان! لگتا ہے ستارہ سٹی کے ان چوہوں کو غلط فہمی ہو گئی ہے کہ شہر میں "بلیاں ختم ہو چکی ہیں۔ پندرہ بزدلوں کو لگتا ہے کہ یہ شیر ہیں۔"

شاہان نے سکون سے اپنی آستینیں اوپر چڑھائیں، چہرے پر وہی وکیلوں والا سنجیدہ مگر خطرناک تاثر۔

"جہانگیر، آج ڈسپلن گیا تیل لینے۔ آج ان کو قانون نہیں، لات پڑھاتے ہیں۔"

تینوں باہر نکلے۔

یوں جیسے پہاڑ چل پڑے ہوں۔

غنڈوں کے سامنے جا کر وہ اس طرح کھڑے ہوئے کہ ساری محفل کا زاویہ بدل گیا۔ شاہان نے وہی رعب دار نگاہ ڈالی جو عدالت میں مخالف وکیل کی ٹانگیں کانپنے پر مجبور کر دیتی ہے، جبکہ مراد نے اپنی شرٹ کے بچے کچے بٹن بھی کھول دیے—یہ ہخمانشیوں میں صاف اشارہ تھا کہ اب بات ہاتھوں سے ہو گی۔ جہانگیر ذرا پیچھے کھڑا، پورے منظر کو تول رہا تھا، جیسے ہر حرکت اس کی فہرست میں درج ہو رہی ہو۔

غنڈوں کا لیڈر، جو خود کو کسی فلم کا ولن سمجھ رہا تھا، آگے بڑھا۔

"اوئے چھوکرے! پیچھے ہٹ، ورنہ تیرا تھوبڑا بگاڑ دوں گا۔"

مراد نے زور دار قہقہہ لگایا۔

"ابے جا ناں! میرا چہرہ تو پہلے ہی محدود ایڈیشن ہے، تو کیا بگاڑے گا؟ چل، پہلے مجھ سے شروع کر، تجھے پتا چلے گا کہ ہخمانشیوں کی مار دیسی نہیں، خالص قدرتی ہوتی ہے۔"

غنڈے نے ابھی ہاکی اسٹک پوری اٹھائی بھی نہ تھی کہ مراد نے ایسی اڑتی ہوئی لات ماری کہ وہ بدنصیب دس فٹ دور جا گرا، جیسے کسی نے بٹن دبا کر اسے بند کر دیا ہو۔

مراد نے فوراً آواز لگائی:

"اوئے شاہان! یہ تو پہلے ہی وار میں باہر ہو گیا، ستارہ سٹی کے غنڈے ہیں یا روئی کے گالے؟"

اگلے ہی لمحے شاہان حرکت میں آیا۔ اس نے ایک غنڈے کی گردن یوں دبوچی جیسے فائل بند کر رہا ہو، اور اسے کیفے کی سنگِ مرمر کی دیوار سے دے مارا۔ دیوار بھی شاید سوچ میں پڑ گئی کہ اس پر یہ عزت کیوں پڑی۔

جہانگیر، جو کالج کا ناظمِ ضبط تھا، پورے نظم و ضبط کے ساتھ ایک ایک کو پکڑ رہا تھا، جیسے حاضری لے رہا ہو۔

"یہ پہلا گھونسہ بدتمیزی کے نام پر"،

ایک زور دار ضرب۔

"اور یہ دوسرا ڈسپلن توڑنے کے نام پر۔"

پھر اس نے مسکرا کر کہا:

"اب بولو، گنتی آتی ہے یا مزید ہڈیاں تڑوا کر حساب سیکھو گے؟"

وہ پندرہ تھے، اور یہ صرف تین—لیکن ہخمانشی خاندان کی مار کا معیار ہی الگ تھا۔ مراد نے ایک غنڈے کو اٹھایا اور دوسرے پر دے مارا، جیسے کرکٹ میں گیند پھینکی جاتی ہے۔

"!اسٹرائیک"

مراد نے فخر سے اعلان کیا۔

وہ معصوم لڑکی، جو کچھ دیر پہلے کانپ رہی تھی، اب خوف بھول چکی تھی۔ اس نے جیب سے اپنا مہنگا فون نکالا اور ویڈیو بنانا شروع کر دی۔ آس پاس کا مجمع بڑھتا جا رہا تھا، لوگ تالیاں بجا رہے تھے، شور بڑھ رہا تھا۔

"!ذرا دیکھو"

،وہ جوش میں بولی

"یہ تینوں ان غنڈوں کو ایسے دھو رہے ہیں جیسے امی عید سے پہلے پردے دھوتی ہیں۔"

جب سارے غنڈے زمین پر پڑے کراہ رہے تھے اور اپنی ٹوٹی ہوئی عزت اور ہڈیاں سمیٹ کر بھاگنے لگے، تو ستارہ سٹی کا منظر یکسر بدل چکا تھا۔

لڑکیاں، لڑکے، سب ان تینوں کے گرد جمع ہو گئے۔

"آپ لوگ کون ہیں؟"

ایک لڑکی نے حیرت سے پوچھا۔

"کیا یہ فلم کی شوٹنگ تھی؟ کیا ہم ایک تصویر لے سکتے ہیں؟"

مراد فوراً انداز بدل کر کھڑا ہوا، بال سنوارے، سینہ تان لیا۔

"نہیں بی بی، ہم فلمی ہیرو نہیں۔ ہم تو ان غنڈوں کے لیے اصل ولن ہیں۔ ویسے تصویر لینی ہے تو جلدی لو، میرا یہ رخ ذرا زیادہ رعب دار آتا ہے۔"

چند ہی لمحوں میں تینوں کو لوگوں نے گھیر لیا۔ کوئی تصویر، کوئی ویڈیو، کوئی تالیاں۔ مراد ہر فریم میں الگ انداز بنا رہا تھا، شاہان اپنے مخصوص سنجیدہ وکیلانہ انداز میں کھڑا تھا، اور جہانگیر گروپ تصویروں میں مصروف ہو گیا۔

شاہان نے آہستہ سے مراد کے کان میں کہا:

"اوئے مراد، اگر یہ سب ہاشم تک پہنچ گیا نا، تو وہ ہماری تصویریں نہیں، ہماری کھال اتار دے گا۔"

مراد نے دانت نکالتے ہوئے جواب دیا:

"چپ کر! ایسا موقع کہاں ملتا ہے؟ وہاں تو ہمیں دیکھ کر لوگ نظریں چراتے ہیں، یہاں تو روشنی ہی کچھ اور ہے۔"

لوگ انہیں اصلی زندگی کے ہیرو کہہ رہے تھے۔ ویڈیوز پھیلنے کو تیار تھیں،

اور ستارہ سٹی کی وہ شام اب محض ایک جھگڑا نہیں رہی تھی—

وہ ایک قصہ بن چکی تھی۔

Chapter 26

بڑے بھائیوں کی تشویش اور ہاشم کی رنگینیاں

Figure 26.1

ہخمانشی حویلی کا کورٹ روم آج کسی عدالت کا منظر پیش کر رہا تھا۔

ایلدار، ایلمار اور ایلخان تینوں اپنے مخصوص سیاہ کوٹ پہنے میز کے گرد بیٹھے تھے،

مگر آج ان کے سامنے کوئی قانونی فائل نہیں تھی، بلکہ چھوٹے بھائی ہاشم کی محبت کا کیس تھا۔

ایلدار (سخت لہجے میں):

"مجھے یقین نہیں آ رہا کہ ہاشم اس قدر لاپرواہ ہو گیا ہے۔

وہ ایک ایسی لڑکی کے پیچھے اپنی میراث اور خاندانی وقار داؤ پر لگا رہا ہے جس کا خون ہی ہم سے دشمنی پر پلا ہے۔"

ایلمار (فائل بند کرتے ہوئے):

"صرف محبت نہیں ایلدار بھائی، وہ سچی محبت کے دعوے کر رہا ہے۔

سنا ہے وہ میسا کے ساتھ باکو کے ہر مہنگے ریسٹورنٹ اور پارک میں ایسے گھوم رہا ہے جیسے دنیا میں کوئی اور کام ہی نہ بچا ہو۔"

ایلخان (غصے سے):

"اور یہی تو میخانچیوں کی چال ہے۔

انہوں نے ہاشم کے رعب اور جلال کو اس لڑکی کی معصومیت کے پیچھے چھپا دیا ہے۔

وہ شیر جو دشمنوں کے جبڑے توڑتا تھا،

اب میسا کے سامنے بچوں کی طرح بنا پھرتا ہے۔

"اگر یہی حال رہا تو لوگ ہخمانشیوں سے ڈرنا چھوڑ دیں گے۔

ان تینوں بڑے بھائیوں کے چہرے پر ایک ہی پریشانی تھی:

میخانچی لڑکی سے ہاشم کی سچی محبت۔

وہ جانتے تھے کہ ہاشم جذباتی ہے،

اور اگر اس نے میسا کو اپنی زندگی مان لیا ہے،

تو اسے اس راستے سے ہٹانا ناممکن ہوگا۔

ایلدار (گہری سانس لے کر، فیصلہ کن انداز میں):

"یہ صرف محبت نہیں...

یہ وہ محبت ہے جو خاندان کے خلاف کھڑی ہو جائے۔

اور جب محبت ہخمانشی نام کے مقابل آ جائے،

تو وہ محبت نہیں، بغاوت بن جاتی ہے۔"

دوسری طرف، ہاشم ان تمام باتوں سے بے نیاز اپنی دنیا میں مگن تھا۔

وہ میسا کے ساتھ ایک خوبصورت جھیل کے کنارے بیٹھا آئس کریم کھا رہا تھا۔

اس کے چہرے کا وہ گہرا زخم میسا کی باتوں پر مسکراتے ہوئے

اب خوفناک نہیں بلکہ پرکشش لگ رہا تھا۔

میسا (شرارت سے):

"ہاشم! میںنے سنا ہے، تمہارے بڑے بھائی بہت سخت مزاج ہیں؟

مجھے تو ڈر لگتا ہے کہ اگر وہ یہاں آ گئے تو مجھے کچا چبا جائیں گے۔"

ہاشم (ہلکی سی مسکراہٹ کے ساتھ):

"ارے نہیں میسا! وہ تو بیچارے خود مجھ سے ڈرتے ہیں۔

تم فکر نہ کرو، جب تک میں تمہارے ساتھ ہوں،

تمہیں کوئی نہیں چھو سکتا۔

میں بس ان کے سامنے تھوڑی ایکٹنگ کرتا ہوں تاکہ ان کا بڑا بھائی ہونے کا بھرم قائم رہے۔"

میسا ہنس پڑی، اور ہاشم اس کی ہنسی میں گم ہو گیا۔

وہ اسے باکو کے ہر خوبصورت مقام پر لے جا رہا تھا۔

— شاپنگ، لانگ ڈرائیوز اور مہنگے کھانے

ہاشم اب کوئی لیڈر نہیں بلکہ مکمل عاشق بن چکا تھا۔

وہ ہر وہ کام کر رہا تھا جو اس کی سنجیدہ شخصیت کے بالکل خلاف تھا،

صرف میسا کے منہ سے "آئی لو یو" سننے

اور اسے خوش دیکھنے کے لیے۔

لیکن وہ یہ نہیں جانتا تھا

کہ حویلی میں اس کے بڑے بھائی

اب اس محبت کو

خاندان کے خلاف کھڑی محبت

سمجھ کر

اس کے انجام کا فیصلہ کرنے کے قریب پہنچ چکے ہیں۔

Chapter 27

ماں کی ممتا ہاشم کی شرارتیں

Figure 27.1

ہاشم اس وقت حویلی کے اپنے کمرے میں بستر پر نیم دراز تھا،

گھریلو آرام دہ کپڑوں میں وہ بالکل بھی وہ خوفناک ہاشم نہیں لگ رہا تھا۔ موبائل فون کی اسکرین اس کے چہرے پر ہلکی روشنی ڈال رہی تھی،

اور وہ میسا کے پیغامات پڑھ کر بار بار مسکرا رہا تھا۔

اسی دوران بانو بخمانشی (ہاشم کی والدہ) کمرے میں داخل ہوئیں۔

انہوں نے ہاشم کے چہرے پر وہ غیر معمولی مسکراہٹ دیکھی تو وہیں رک گئیں۔

:بانو بخمانشی

"بیٹا! یہ کون سی لڑکی ہے جس نے میرے سنجیدہ بیٹے کو پاگلوں کی طرح مسکرانے پر مجبور کر دیا ہے؟

"دن رات بس اسی موبائل میں گم رہتے ہو۔

:ہاشم نے چونک کر موبائل چھپایا، پھر شرارت سے مسکراتے ہوئے بولا

"امی! وہ کالج کی ہے... اور اس کا تعلق میخانچی قبیلے سے ہے۔"

:بانو بخمانشی کے ماتھے پر بل پڑ گئے

"توبہ ہے بیٹا! تم ان میخانچیوں میں کہاں جا پھنسے ہو؟

"کیا وہ لڑکی تم سے واقعی محبت بھی کرتی ہے یا بس تم ہی دیوانے بنے پھر رہے ہو؟

:ہاشم نے آنکھ مار کر بڑے لاڈ سے کہا

"!وہ تو مجھ سے آپ سے بھی زیادہ محبت کرتی ہے، امی"

یہ سننا تھا کہ بانو ہخمانشی نے بجلی کی سی تیزی سے پاؤں سے جوتا اتارا اور ہاشم کی طرف اچھال دیا۔

ہاشم نے ہنستے ہوئے تکیہ آگے کر کے خود کو بچا لیا۔

بانو ہخمانشی (ہنستے ہوئے):

بگڑ گئے ہو تم! زبان بہت چلنے لگی ہے۔"

"اچھا، اب نام تو بتاؤ اس میخانچی لڑکی کا؟

ہاشم نے سینہ چوڑا کر کے فخر سے کہا:

"میسا... میسا ہاشم ہخمانشی۔"

پھر ذرا سنجیدہ ہو کر دھیرے سے بولا:

"امی، کچھ رشتے نام سے نہیں، دعا سے جڑتے ہیں...

"اور میں نے اسے دل کی ہر دعا میں مانگا ہے۔

بانو ہخمانشی نے فوراً اپنے کانوں کو ہاتھ لگایا:

یا اللہ! یہ لڑکا تو ابھی سے اسے اپنی بیوی بنا چکا ہے۔"

"ابھی بات شروع بھی نہیں ہوئی اور تم نے نام تک بدل دیا!!

ہاشم ہنستے ہوئے بستر سے اٹھا، امی کے گلے میں بازو ڈال کر بولا:

"امی ذرا ٹھہریں! پہلے 'میسا ہاشم ہخمانشی' کو دیکھ تو لیں۔"

بانو ہخمانشی:

"اچھا بھئی، دکھاؤ تو سہی، میں بھی دیکھوں کس نے میرے شیر کو اس طرح مسکرا دیا ہے۔"

ہاشم نے فوراً موبائل پر میسا کی ایک معصوم سی تصویر کھول کر دکھائی۔

بانو ہخمانشی نے غور سے دیکھا اور ان کے چہرے پر اچانک نرمی اتر آئی۔

بانو ہخمانشی:

"ماشاءاللہ! کتنی پیاری لڑکی ہے۔

مجھے تو یقین نہیں آ رہا کہ میخانچیوں میں بھی اتنے نورانی چہرے ہوتے ہیں۔

واقعی بہت خوبصورت ہے۔"

ماں بیٹا اس رومان اور مزاح میں مگن تھے کہ اچانک دروازے پر ایلخان ہخمانشی آ کھڑا ہوا۔

وہ سب کچھ سن چکا تھا اور اس کے چہرے پر ناگواری صاف جھلک رہی تھی۔

ہاشم نے اسے دیکھ کر مسکراتے ہوئے چھیڑا:

"اوہ بھائی! یہ کیسا چہرہ بنا رکھا ہے؟

میخانچی لڑکی ہی تو ہے، کوئی دشمن لشکر تو نہیں۔

"!اور ہاں... اب وہ آپ کی چھوٹی بھابھی ہے، میسا ہاشم ہخمانشی

ایلخان نے ہاشم پر ایک ٹھنڈی، سخت نظر ڈالی،

پھر بغیر کچھ کہے خاموشی سے پلٹا اور کمرے سے نکل گیا۔

اس کے جاتے ہی ہاشم اور بانو ہخمانشی ہنس پڑے۔

حویلی، جو ہمیشہ سنجیدگی اور رعب کی علامت تھی،

آج ماں بیٹے کی ہنسی اور ہاشم کی محبت سے مہک رہی تھی۔

Chapter 28

میسا کا ڈجیٹل حملہ ہاشم کی شامتِ اعمال

Figure 28.1

کالج کا لان آج ایک عجیب منظر کا گواہ بننے والا تھا۔

ہاشم، جو ہمیشہ کی طرح اپنے وکیلوں والے کالے یونیفارم میں نہایت رعب دار لگ رہا تھا، تھوڑی دیر کے لیے اپنا موبائل بینچ پر چھوڑ کر ایلچن سے بات کرنے گیا۔ میسا، جو وہیں بیٹھی تھی، اس نے تجسس میں ہاشم کا فون اٹھا لیا۔

اتفاق سے فون کھلا ہوا تھا اور اسکرین پر امیر اور ارزان کے پیغامات کی قطار لگی ہوئی تھی، جن میں میخانچی قبیلے کے خلاف زہر اگلا جا رہا تھا۔

امیر نے لکھا تھا:

"ہاشم، اس میخانچی لڑکی سے بچ کر رہ، ان کا خون ہی غدار ہے۔"

اور ارزان کا پیغام تھا:

"بھائی! میخانچیوں نے ہمیشہ پیٹھ پیچھے وار کیا ہے، یہ میسا بھی کوئی چال چل رہی ہوگی۔"

میسا کی آنکھیں غصے سے پھیل گئیں۔ اسی لمحے میسا میخانچی کا اصل روپ سامنے آ گیا۔ اس نے سب سے پہلے ہاشم کے بھتیجے اراز کا نمبر کھولا اور کڑک کر پیغام بھیجا:

"اراز! ذرا تمیز سے بات کرنا سیکھ لو۔ یہ بتاؤ مجھے 'بھابھی' کہو گے یا 'چاچی'؟"

دوسری طرف اراز مسکرائے بغیر نہ رہ سکا:

"اوہو بھابھی جان! آپ جیسی بھابھی تو نصیب والوں کو ملتی ہے۔ آپ ہخمانشی خاندان کا نور ہیں!"

میسا نے فوراً جواب دیا:

"بھابھی ہی رہوں گی۔ اور خبردار، میرے قبیلے پر ایک لفظ بھی کہا تو اچھا نہیں ہوگا۔"

اس کے بعد اس نے امیر اور ارزان کو ایسے جواب دیے کہ الفاظ ہی ان کے لیے سزا بن گئے۔

امیر کو لکھا:

"اپنی زبان پر لگام دو، کیونکہ تمہاری باتوں میں سچ نہیں، صرف زہر ہے۔"

اور ارزان کو:

"اپنی اوقات میں رہو، میخانچی لڑکیاں تم جیسے دس کو جیب میں رکھتی ہیں۔"

یہیں نہیں، میسا نے ایلخان، ایلمار اور شاہان کو بھی پیغام بھیج دیا:

"میں میسا میخانچی ہوں، اور یاد رکھو، میں ہاشم کی ہونے والی شریکِ حیات ہوں۔
زبان قابو میں رکھنا سیکھ لو۔"

اسی دوران ہاشم واپس آ گیا۔ میسا کا غصے سے تمتماتا چہرہ دیکھ کر وہ رک گیا۔

میسا نے بلند آواز میں کہا:

"ہاشم ہخمانشی! تمہارے دوست اور بھائی میرے قبیلے کی توہین کر رہے ہیں اور تم
خاموش ہو؟"

پورے لان میں سناٹا چھا گیا۔

دور کھڑے مراد اور جہانگیر یہ منظر دیکھ کر اپنی ہنسی ضبط نہ کر سکے۔

مراد نے سرگوشی کی:

"اوئے جہانگیر! آج تو بھابھی نے شیر کو بلی بنا دیا۔"

جہانگیر ہنسا:

"ہاشم بھائی کا رعب بھی آج کام نہیں آیا۔"

کالج کے طلبہ حیرت سے دیکھ رہے تھے کہ جس ہاشم کے نام سے پورا کالج کانپتا تھا،
وہ ایک لڑکی کے سامنے خاموش کھڑا تھا۔

ہاشم نے آخرکار مراد سے فون لیا اور امیر و ارزان کو کانفرنس میں دھاڑ دیا:

"ابھی اسی وقت معافی مانگو، ورنہ انجام تم خود سوچ لو۔"

پھر اس نے کونسل کے گروپ میں پیغام چھوڑا، مگر اس سارے رعب کے باوجود،
پیچھے کھڑی میسا نے اس کا کالر پکڑ لیا۔

"میرے سامنے چیخنے کی ضرورت نہیں، ہاشم۔"

اسی لمحے ہاشم کی آنکھوں میں وہ سچ جھلک گیا جو وہ خود بھی قبول نہیں کرنا چاہتا تھا۔

"جو اپنے محبوب کے سامنے سر جھکا لے،

وہ دنیا کے سامنے کبھی نہیں جھکتا۔"

ایک سینئر نے ترس کھا کر کچھ کہنا چاہا تو ہاشم کا غصہ اس پر ٹوٹ پڑا، پورا کالج اس کی مار کا گواہ بن گیا۔

میسا خاموشی سے سب دیکھتی رہی، پھر سرد لہجے میں بولی:

"تم طاقتور ہو، مگر اپنے غصے کے قیدی بھی ہو۔"

وہ یہ کہہ کر وہاں سے چلی گئی۔

ہاشم وہیں کھڑا رہ گیا، سر جھکائے،

سمجھ نہیں پا رہا تھا کہ وہ دشمنوں سے لڑے،

دوستوں کو سنبھالے

یا اس ایک دل کو منائے

جس کے سامنے وہ خود ہار چکا تھا۔

Chapter 29

رکی ہوئی تسبیح اور بھاگتے ہوئے قدم

Figure 29.1

بخمانشی حویلی کے پچھلے حصے میں امیر اپنی مخصوص کرسی پر بیٹھا تسبیح گھما رہا تھا اور ارزان موبائل پر گیم کھیلنے میں مگن تھا۔ اچانک دونوں کے فونز پر نوٹیفکیشنز کی بارش ہونے لگی۔ جیسے ہی انھوں نے میسا کے بھیجے ہوئے کڑوے میسجز اور پھر ہاشم کی ٹانگیں توڑنے والی آڈیو سنی، دونوں کے چہروں کا رنگ اڑ گیا۔

امیر (صدمے سے):

"ارزان! یہ... یہ ہاشم نے کیا بھیجا ہے؟ وہ میسا سے معافی مانگنے کا کہہ رہا ہے؟ اور وہ بھی سب کے سامنے؟ میری تسبیح گواہ ہے، اس لڑکے کی عقل پر محبت نے قبضہ کر لیا ہے!"

ارزان (گھبرائے ہوئے):

"امیر بھائی! تسبیح چھوڑیں، اپنی ٹانگیں سنبھالیں۔ آپ جانتے ہیں ہاشم جو کہتا ہے وہ کر کے دکھاتا ہے!"

اسی لمحے ہخمانشی کونسل کے گروپ میں سینکڑوں پیغامات نظر آئے، ہر طرف ایک ہی صدا تھی:

"سوری بھابھی... سوری بھابھی..."

ارزان (کانپتی آواز میں):

"اگر ہم نے معافی نہ مانگی تو مثال بنا دیے جائیں گے۔"

امیر (غصے سے):

"میں سردار ہوں، کسی میخانچی لڑکی سے—"

ابھی جملہ مکمل بھی نہ ہوا تھا کہ باہر ٹائروں کی چرچراہٹ سنائی دی۔ ہاشم کی گاڑی حویلی کے دروازے پر رکی۔ قدموں کی چاپ بتا رہی تھی کہ یہ عاشق نہیں، فیصلہ کرنے والا آیا ہے۔

ارزان نے گھبرا کر موبائل نکالا:

"بھائی! سرداری بعد میں، پہلے جان بچاؤ!"

ہاشم اندر داخل ہوا۔ آنکھوں میں جلال، چہرے پر فیصلہ۔

وہ رکا، دونوں کو دیکھا اور گہری آواز میں بولا:

"میرے فیصلے قانون نہیں مانگتے،

"وہ صرف وفا مانگتے ہیں۔

:امیر نے فوراً تسبیح جیب میں ڈال کر موبائل آگے کیا

"ہم نے معافی مانگ لی ہے... بھابھی کو۔"

:ارزان (کان پکڑ کر)

"!اور دل سے"

ہاشم نے موبائل دیکھا، پھر سخت نگاہ سے دونوں کو گھورا۔

یاد رکھنا، میسا ہاشم بخمانشی کی عزت ہے۔"

"اس پر اٹھنے والی ہر زبان... میں خود بند کروں گا۔

وہ پلٹا اور چلا گیا۔

پیچھے امیر اور ارزان نے ایک ساتھ سانس لیا۔

:ارزان

"آج بچ گئے... مگر یہ محبت، پورے خاندان کو ہلا دے گی۔"

:امیر (خاموشی سے)

"ہاں... یہ صرف رشتہ نہیں، فیصلہ ہے۔"

Chapter 30

محبت کا خمار اور پندرہ دن کی جدائ

Figure 30.1

کالج کے اس ہنگامہ خیز دن کے بعد جب میسا نے اپنا موبائل کھولا تو اس کی سانس جیسے رک سی گئی۔

ایک کے بعد ایک پیغامات تھے۔

کونسل کے اراکین۔

ہاشم کے قریبی دوست۔

حویلی کے پرانے خادم۔

سب کی تحریر ایک ہی تھی:

"ہم سے کوتاہی ہو گئی، میسا بی بی۔

ہاشم صاحب نے ہم سب کو سختی سے حکم دیا تھا

کہ آپ کی عزت پر کوئی نگاہ بھی نہ اٹھے۔"

یہ الفاظ پڑھ کر میسا کا دل پگھل گیا۔

جو غصہ اس کے سینے میں آگ بن کر دہک رہا تھا،

وہ اب ٹھنڈی ہواؤں کی طرح بکھرنے لگا۔

وہ آہستہ سے کھڑی ہوئی۔

قدموں کی چاپ ایسی ہلکی تھی

جیسے خاموشی بھی اسے سن نہ پائے۔

ہاشم اب بھی وہیں کھڑا تھا۔

چہرہ غصے کی سرخی سے بھرا ہوا،

آنکھوں میں وہی پرانا جلال۔

میسا نے نرمی سے اس کا بازو تھام لیا۔

اس کی آواز میں ایسی مٹھاس تھی

کہ ہوا بھی جیسے ٹھہر گئی۔

”ہاشم...“

”مجھے معاف کر دو نا...“

”میں نے اپنے اس معصوم سے مَنے پر کتنا ظلم کیا ہے...“

”مجھے کیا خبر تھی کہ تم میرے ایک لفظ پر

پوری دنیا کو سر جھکا دو گے...“

ہاشم، جو ایک لمحہ پہلے تک شیر کی طرح دہاڑ رہا تھا،

مَنا" سنتے ہی جیسے پگھل گیا۔"

آنکھوں میں وہی بچپن کی چمک لوٹ آئی،

لبوں پر شرارتی سی مسکراہٹ آ گئی۔

"میسا..."

"یہ سارا رعب، یہ جلال، یہ دبدبہ...

یہ سب دنیا کے لیے ہے۔"

"تمہارے سامنے تو میں ہمیشہ سے ہارا ہوا ہوں۔"

"تمہاری ایک مسکراہٹ

میرے سارے اصول بھلا دیتی ہے۔"

وہ شام واقعی جادوئی تھی۔

آسمان پر سنہری روشنی بکھری ہوئی تھی،

ہوا میں ہلکی سی خنکی گھلی ہوئی۔

ہاشم نے میسا کو اپنی سیاہ، چمکتی ہوئی گاڑی میں بٹھایا۔

باکو کی رنگین سڑکیں ان کے سامنے

خاموشی سے پھیلتی چلی گئیں۔

گاڑی کی رفتار دھیمی تھی،

جیسے وقت کو تھام لینے کی خواہش ہو۔

گاڑی میں مدھم سی موسیقی گونج رہی تھی۔

ہاشم نے شہر سے باہر

ایک خاموش جھیل کے کنارے گاڑی روک دی۔

چاندنی پانی پر یوں ناچ رہی تھی

جیسے کسی راز کی گواہ ہو۔

دونوں گاڑی سے اترے۔

ہاشم نے میسا کا ہاتھ تھام لیا۔

آواز میں گہرا یقین تھا۔

"میسا...

چاہے دنیا کا کیسا ہی طوفان کیوں نہ آئے،

”میں تمہارا ہاتھ کبھی نہیں چھوڑوں گا۔

میسا نے شرماتے ہوئے نظریں جھکا لیں۔

پھر باتیں شروع ہو گئیں—

ہنسی، قہقہے، خواب،

اور مستقبل کے ان گنت نقشے۔

رات گہری ہوئی تو

وہ باکو کے ایک شاندار ریسٹورنٹ میں پہنچے۔

موم بتیوں کی روشنی،

خاموش موسیقی،

اور میسا کا چہرہ جو پہلے سے زیادہ روشن لگ رہا تھا۔

ہاشم نے اسے اپنے خواب سنائے۔

خاندان کی میراث۔

ذمہ داریاں۔

اور سب سے بڑھ کر—

میسا کے ساتھ جڑا ہوا مستقبل۔

اگلا دن — چھٹیوں کا آغاز

اگلے دن کالج میں اچانک چھٹیوں کا اعلان ہو گیا۔

طلبہ اپنا سامان سمیٹ کر گھروں کو روانہ ہونے لگے۔

لیکن میسا کے لیے یہ چھٹیاں خوشی نہیں،

فکر بن کر آئیں۔

فرسٹ ایئر کے امتحانات سر پر تھے۔

اسے پوری توجہ کے ساتھ پڑھنا تھا۔

الوداع کے وقت ہاشم نے

اس کے کندھے پر نرمی سے ہاتھ رکھا۔

“میسا،

”میں جانتا ہوں تمہارے امتحانات اہم ہیں۔

”میں تمہیں کسی طرح پریشان نہیں کروں گا۔“

”یہ دن اپنی کتابوں کے نام کر دو۔“

...اور میں“

سیکنڈ ایئر کے امتحانات کے بعد

کچھ خاندانی ذمہ داریوں کے باعث

”چند دن کے لیے شہر سے باہر جا رہا ہوں۔

میسا کی آنکھیں نم ہو گئیں۔

پندرہ دن، ہاشم؟“

”میں تمہارے بغیر کیسے رہوں گی؟

ہاشم نے اس کے سر پر پیار سے ہاتھ پھیرا۔

اور بولا

،میں ناکام عاشق نہیں

—میں وہ ہوں جو محبت کو چھوڑتا نہیں

اسے ذمہ داری بنا دیتا ہے۔

بس پندرہ دن، جان۔“

”پھر میں تمہارے پاس ہوں گا۔

”اور ہاں...

امتحان میں مجھے مایوس نہیں کرنا۔“

ہاشم واقعی نجی دورے پر نکل گیا۔

وہ چاہتا تھا کہ میسا پوری یکسوئی سے پڑھے،

کوئی خلل نہ ہو۔

دونوں فون پر بات تو کرتے تھے،

مگر ہاشم نے ملنے سے سختی سے منع کر رکھا تھا۔

اس کی آواز میں ایک عجیب سنجیدگی تھی،

جیسے وہ کسی بڑے فیصلے کی دہلیز پر کھڑا ہو۔

میسا کے لیے یہ دن بھی ایک امتحان تھے۔

ایک طرف کھلی کتابیں،

دوسری طرف ہاشم کی یادیں

جو دل کو بے چین رکھتی تھیں۔

باکو کی ٹھنڈی ہوائیں

اب اسے تنہائی کا احساس دلانے لگیں۔

کبھی وہ بالکونی میں کھڑی چاند کو دیکھتی

اور دل ہی دل میں پوچھتی:

"ہاشم...

یہ پندرہ دن ختم ہوں گے

تو تم کیا لے کر آؤ گے؟"

اور کہیں دور،

ہاشم بھی رات کی تنہائی میں

اسی چاند کو دیکھتا تھا۔

دل میں ایک ہی دعا تھی:

"یہ جدائی کا امتحان بس خیر سے گزر جائے...

پھر ہم دونوں

کبھی الگ نہ ہوں گے۔

Chapter 31

ایک سال کی مسافت، اور محبت کا جنون

Figure 31.1

دیکھتے ہی دیکھتے وقت نے ایک پورا چکر لگا لیا۔

ہاشم اور میسا کے تعلق کو ایک سال مکمل ہو چکا تھا۔

یہ کوئی عام سال نہیں تھا۔

یہ باکو کی تاریخ میں ہاشم بخمانشی کی تبدیلی کا سال تھا۔

وہ لڑکا جو کبھی صرف طاقت، رعب اور خون کی زبان جانتا تھا،

اب ضبط، مقصد اور شعور کی زبان سیکھ چکا تھا۔

محبت اس کے لیے کمزوری نہیں بنی تھی،

بلکہ ایک کسوٹی بن گئی تھی

جس پر اس نے خود کو پرکھا تھا۔

اس ایک سال میں:

ہاشم نے قانون کا دوسرا سال غیر معمولی کامیابی سے مکمل کیا،

اور اب تیسرے اور آخری سال میں قدم رکھ رہا تھا۔

میسا نے بھی اپنا پہلا سال ختم کر کے

قانون کے دوسرے سال میں داخلہ لے لیا تھا۔

یہ ایک سال صرف دنوں کا نہیں تھا،

یہ فیصلوں، ٹکراؤ

اور خاموش قربانیوں کا سال تھا۔

اعتماد کا رشتہ

اب ان کے درمیان وہ ابتدائی جھجھک،

وہ شرم، وہ ہچکچاہٹ باقی نہیں رہی تھی۔

میسا اب ہاشم کو صرف

”بڑے زمیندار کا بیٹا“ نہیں سمجھتی تھی،

وہ اسے اپنا سب سے محفوظ،

سب سے مضبوط

اور سب سے سچا سہارا مانتی تھی۔

اور ہاشم؟

وہ بار بار یہ ثابت کر چکا تھا کہ

میسا کی عزت کے لیے

وہ اپنے قبیلے سے،

اپنے بھائیوں سے،

حتیٰ کہ اپنی میراث سے بھی ٹکرا سکتا ہے۔

اسی ایک سال میں

ہاشم نے اپنے اندر ایک حد قائم کر لی تھی:

میں عشق کا منکر نہیں،

میں اس عشق کا دشمن ہوں

جو انسان کو سپاہی کے بجائے

تماشائی بنا دے۔

کالج میں "مثالی جوڑا"

اب پورے کالج میں ایک بات زبان زدِ عام تھی:

"اگر ہاشم کو تلاش کرنا ہو

تو میسا کے آس پاس دیکھو۔"

جونیئرز ان کے رشتے کو مثال بناتے،

سینئرز خاموشی سے سبق سیکھتے۔

ہاشم نے پورے کالج کو ایک واضح پیغام دے دیا تھا:

"میسا کی طرف اٹھنے والی ایک نظر،

"ہاشم ہخمانشی سے دشمنی سمجھی جائے گی۔

خاندانی قبولیت کی خاموش جنگ

بانو ہخمانشی اب میسا کے لیے

اکثر چھوٹے چھوٹے تحفے بھیجتیں۔

دعائیں،

خوشبو دار شالیں،

یا کبھی گلاب کا ہلکا سا گلدستہ۔

بڑے بھائی اب بھی

میخانچی قبیلے کا نام سن کر ناگواری دکھاتے،

مگر ہاشم کی ایک سالہ خاموش ضد

اور ٹھہرے ہوئے وقار

نے انہیں بولنے سے روک دیا تھا۔

ایلخان اب صرف سر جھٹک دیتا،

جیسے کہہ رہا ہو:

"یہ ضد نہیں...

یہ نظریہ ہے۔"

سالگرہ کا یادگار دن

ایک سال مکمل ہونے پر

ہاشم میسا کو وہیں لے گیا

جہاں سے سب کچھ شروع ہوا تھا۔

شہر سے دور،

وہی خاموش جھیل،

وہی چاند کی چاندی سی روشنی۔

ہاشم نے میسا کے گلے میں

سونے کا ایک سادہ مگر نفیس لاکٹ پہنایا،

جس پر باریک حروف میں لکھا تھا:

(H & M)

پھر اس نے میسا کی آنکھوں میں دیکھ کر کہا:

"یہ ایک سال تو صرف آغاز تھا۔

میں تمہیں اس دن اپنی میراث کا حصہ بناؤں گا

جس دن تمہارے ہاتھ میں

قانون کی ڈگری ہوگی

اور میرے نام کا نکاح نامہ۔"

امیر اور ارزان کی تبدیلی

امیر، جو کبھی میسا کو دشمن سمجھتا تھا،

اب احترام سے

"چھوٹی بھابھی" کہہ کر پکارتا تھا۔

اور ارزان؟

وہ تو صاف کہہ چکا تھا:

"جب ہاشم غصے میں ہو

تو ہم سب ناکام ہیں،

صرف بھابھی کا ایک جملہ ہی کافی ہوتا ہے۔"

اور آج...

وہ دونوں اسی پرانے بینچ پر بیٹھے تھے

جہاں سے سب کچھ شروع ہوا تھا۔

میسا نے ہاشم کا ہاتھ تھاما

اور مسکرا کر بولی:

"یقین نہیں آتا

کہ ہمیں ایک سال ہو گیا۔

تم اب بھی بےدفاع بننے کی اداکاری کرتے ہو؟"

ہاشم ہنس پڑا۔

اس ہنسی میں اب صرف بے باکی نہیں،

ایک ذمہ دار سکون بھی تھا۔

"بےدفاع تو میں صرف تمہارے لیے ہوں،

مگر میں یہ بھی جان چکا ہوں

کہ اصل مرد وہ ہے

جو چاہت کو قابو میں رکھے،

نہ کہ اس کے پیچھے بکھر جائے۔"

اب وہ دونوں

اپنی اپنی ڈگریوں کے آخری مراحل کی طرف بڑھ رہے تھے۔

دل میں ایک ہی احساس تھا:

آنے والا وقت

ان کے صبر، ضبط اور نظریے کا

سب سے بڑا امتحان لے گا۔

کیونکہ میخانچی قبیلہ

ابھی تک خاموش تھا۔

اور یہ خاموشی...

ہمیشہ کی طرح

کسی بڑے طوفان کی خبر دیتی ہے۔

باب 31 شروع:-

میسا آنکھیں مضبوطی سے بند کیے ہاشم کا ہاتھ تھامے آہستہ آہستہ چل رہی تھی۔

باکو کی ٹھنڈی ہوا اس کے گالوں کو چھو رہی تھی۔

فضا میں سمندر کی نمکین مہک گھلی ہوئی تھی۔

دور کہیں لہروں کی مدھم آواز دل کی دھڑکن کے ساتھ ہم آہنگ ہو رہی تھی۔

ہاشم اسے گاڑی سے اتار چکا تھا۔

اب وہ ایک بالکل خاموش، تنہا راستے پر چل رہے تھے،

جہاں صرف ہوا، اندھیرا اور قدموں کی سرسراہٹ تھی۔

”ہاشم... اب آنکھیں کھول لوں نا؟“

میسا نے لاڈ بھری، ہلکی سی شکایت آمیز آواز میں کہا۔

”میں تھک گئی ہوں یوں چلتے چلتے۔“

ہاشم کی آواز میں ایک چھپی ہوئی مسرت لرز اٹھی۔

”بس... ایک لمحہ اور۔“

پھر توقف کے بعد بولا:

”اور اب... کھولو۔“

میسا نے جیسے ہی آنکھیں کھولیں،

اس کی سانس یکدم تھم سی گئی۔

الفاظ اس کے ہونٹوں پر آ کر بکھر گئے۔

وہ ایک بلند پہاڑی مقام پر کھڑی تھی۔

نیچے پورا باکو اس کے قدموں تلے بچھا ہوا تھا۔

شہر کی روشنیاں کسی چمکتی ہوئی کہکشاں کی مانند پھیل رہی تھیں۔

سامنے ایک چھوٹی سی میز رکھی تھی۔

سفید پھولوں کی خوشبو فضا میں بکھری ہوئی۔

درمیان میں ایک سادہ مگر نفیس کیک رکھا تھا۔

کیک پر سنہری حروف میں لکھا تھا:

میسا ہاشم بخمانشی کو سالگرہ مبارک

میسا کی آنکھیں نم ہو گئیں۔

خوشی کے آنسو پلکوں پر ٹھہر گئے۔

”ہاشم... یہ سب...“

اس کی آواز لرز گئی۔

”یہ تم نے کب... کیسے...؟“

ہاشم اس کے قریب آیا۔

اس کی آنکھوں میں دیکھا۔

اس کی آواز میں نرمی بھی تھی اور گہرا یقین بھی۔

”میسا... تم جانتی ہو، میں لفظوں کا آدمی نہیں ہوں۔“

”میں ایک سخت مزاج انسان رہا ہوں۔“

مگر تم نے میری زندگی میں وہ رنگ بھر دیے ہیں“

”جن کا میں نے کبھی تصور بھی نہیں کیا تھا۔

اس نے جیب سے ایک چھوٹا سا مخملی ڈبہ نکالا۔

ڈبہ آہستہ سے کھولا۔

اندر سونے کا ایک نازک، نہایت نفیس لاکٹ چمک رہا تھا۔

ایک طرف

(H)

دوسری طرف

(M)

باریک کاریگری کے ساتھ کندہ۔

ہاشم نے لاکٹ نکالا

اور خاموشی سے میسا کے گلے میں پہنا دیا۔

”یہ صرف سونا نہیں، میسا۔“

اس کی آواز دھیمی مگر مضبوط تھی۔

یہ میری میراث کا ایک حصہ ہے“

”جو میں آج تمہارے نام کر رہا ہوں۔

،جب تک یہ لاکٹ تمہارے پاس ہے“

”ہاشم ہخمانشی تمہارا محافظ رہے گا۔

،یہ ہمارے ایک سال کے سفر کی علامت ہے“

اور اس عہد کی ابتدا

”کہ تم میری منزل ہو۔

میسا نے کانپتے ہوئے ہاتھوں سے لاکٹ کو چھوا۔

اسے یوں محسوس ہوا

جیسے اس چھوٹے سے ٹکڑے میں ہاشم کی پوری ذات سمٹ آئی ہو۔

اس رات ستاروں کی چھاؤں میں

ہاشم نے میسا کا ہاتھ تھاما

:اور ٹھہرے ہوئے لہجے میں عہد کیا

،چاہے قبیلوں کی دشمنی ہو“

چاہے خاندانی وقار کی دیواریں ہوں،

”میں تمہیں کبھی خود سے جدا نہیں ہونے دوں گا۔

وہ لمحہ میسا کے دل پر ہمیشہ کے لیے ثبت ہو گیا۔

آج بھی جب وہ تنہا ہوتی ہے،

لاکٹ کو چھوتی ہے،

تو وہی رات اس کی یادوں میں جاگ اٹھتی ہے—

ہاشم کی خوشبو،

اس کی آواز کی گرمی،

اور اس کی آنکھوں میں چمکتا ہوا یقین۔

یہ صرف ایک سالگرہ نہیں تھی۔

یہ میسا میخانچی کے

میسا ہاشم

بننے کے سفر کا

خاموش مگر پختہ آغاز تھا۔

Chapter 32

میسا کا نیا فیصلہ اور ہاشم کی حیرت

Figure 32.1

کالج کا لان اس دوپہر عجیب سے سکون میں ڈوبا ہوا تھا۔

ہوا میں ہلکی سی خوشبو رچی ہوئی تھی۔

دور کہیں پرندوں کی آوازیں فضا کو نرم بنا رہی تھیں۔

ہاشم اور میسا ایک پرانے شیڈ کے سائے تلے آمنے سامنے بیٹھے تھے۔

ہاشم اپنے قانون کے آخری سال کی موٹی کتابیں کھولے بیٹھا تھا۔

صفحے پلٹ رہا تھا،

مگر ذہن تحریروں میں نہیں،

کہیں اور بھٹک رہا تھا۔

اچانک میسا نے خاموشی توڑی۔

آواز میں ہلکی سی جھجھک تھی،

جیسے الفاظ چن چن کر بول رہی ہو۔

"ہاشم..."

"مجھے تم سے ایک بات کرنی تھی۔"

ہاشم نے کتاب سے نظریں اٹھائیں۔

چہرے پر نرمی آ گئی۔

"کہو نا، میسا۔"

میسا نے گہری سانس لی۔

پھر سنجیدگی سے بولی:

"میں نے سوچا ہے کہ قانون کے ساتھ ساتھ

کوئی اور پروگرام بھی کروں۔"

"ایسا کورس جو میرے کیریئر کو واقعی مضبوط بنا دے۔"

ہاشم کی بھنویں سکڑ گئیں۔

حیرت اس کے چہرے پر صاف نظر آنے لگی۔

”دوسرا پروگرام؟“

”میسا... قانون کی پڑھائی خود ہی کم نہیں ہے۔“

”اتنا بوجھ تم کیسے اٹھاؤ گی؟“

”اور اس کی ضرورت کیوں محسوس ہو رہی ہے؟“

میسا نے اس کی آنکھوں میں دیکھا۔

اس کی آواز میں جھجک نہیں،

عزم تھا۔

”ضرورت ہے، ہاشم۔“

”میں صرف ایک عام وکیل نہیں بننا چاہتی۔“

”میں چاہتی ہوں کہ بزنس مینجمنٹ میں ڈپلومہ کروں...

یا پھر کرمنالوجی میں۔“

”میں نے شہر کے ایک بڑے اکیڈمک سینٹر سے سب معلومات لے لی ہیں۔“

”وہاں شام کی کلاسز ہوتی ہیں۔“

ہاشم نے آہستہ سے سانس لی۔

کتاب بند کر دی۔

دل کے اندر ایک ان دیکھی تشویش سر اٹھانے لگی۔

وہ میسا کی خودمختاری کا احترام کرتا تھا،

مگر یہ بھی جانتا تھا

کہ وہ خود پر حد سے زیادہ بوجھ ڈالنے سے نہیں جھجکتی۔

”...تم جانتی ہو نا“

”وہ سینٹر ہمارے کالج سے خاصا دور ہے؟“

”وہاں کا ماحول بھی مختلف ہے۔“

”تم نے واقعی داخلہ لینے کا فیصلہ کر لیا ہے؟“

میسا مسکرائی۔

آنکھوں میں اعتماد کی چمک تھی۔

”ہاں، ہاشم۔“

”میں نے فارم جمع کروا دیا ہے۔“

”کل میرا پہلا دن ہے۔“

پھر اس نے آہستہ سے ہاشم کا ہاتھ تھام لیا۔

،میں چاہتی ہوں کہ جب ہماری ڈگریاں مکمل ہوں“

”تو میں تمہارے شانہ بشانہ کھڑی ہو سکوں۔

،صرف تمہاری ہمسفر بن کر نہیں“

”بلکہ ایک مضبوط، قابل پروفیشنل بن کر۔

ہاشم نے اس کی آنکھوں میں وہی عزم دیکھا

جو اسے ہمیشہ بے چین بھی کرتا تھا

اور متاثر بھی۔

اب انکار ممکن نہ تھا۔

اس نے دھیمی مگر پختہ آواز میں کہا:

"ٹھیک ہے، میسا۔"

"اگر تم نے فیصلہ کر لیا ہے،

تو میں تمہارے ساتھ ہوں۔"

"کل میں خود تمہیں اس سینٹر چھوڑنے آؤں گا۔"

پھر ایک لمحے کو رُکا،

اور سنجیدگی سے بولا:

"بس ایک بات یاد رکھنا۔"

"وہاں ہاشم بخمانشی کا جلال تمہارے ساتھ نہیں ہوگا۔"

"وہاں تمہیں خود مضبوط رہنا ہوگا۔"

میسا نے ہلکی سی مسکراہٹ کے ساتھ

اپنے گلے میں جھولتے لاکٹ کو چھوا۔

"جب تک یہ لاکٹ میرے پاس ہے،

مجھے کسی کا خوف نہیں۔"

اگلا دن

ہاشم نے میسا کو اپنی گاڑی میں بٹھایا۔

وہ شہر کے دوسرے کنارے تک جا پہنچے۔

وہ سینٹر بالکل مختلف دنیا لگ رہا تھا۔

نہ کالج جیسی رونق،

نہ جانے پہچانے چہرے۔

نئی عمارتیں،

نیا ہجوم،

نئی فضا۔

ہاشم نے گاڑی گیٹ کے باہر روکی۔

میسا کو اترنے میں مدد دی۔

"سب ٹھیک رہے گا نا؟"

اس نے پوچھا،

آواز میں بے اختیار فکر جھلک گئی۔

میسا نے اس کا ہاتھ دبایا۔

"ہاں، ہاشم۔

سب ٹھیک رہے گا۔

شام کو لینے آ جانا۔"

ہاشم نے سر ہلا دیا۔

مگر جب میسا گیٹ کے اندر داخل ہوئی،

تو اس کے دل میں ایک انجانی سی کھٹک ابھری۔

یہ نیا سینٹر۔

یہ نئے لوگ۔

یہ نیا ماحول۔

کہیں یہ سب

میسا کی زندگی میں کوئی ایسا موڑ نہ لے آئے

جس کا اس نے حساب نہ لگایا ہو؟

وہ کچھ دیر گاڑی میں بیٹھا

گیٹ کو دیکھتا رہا۔

پھر آہستہ سے انجن اسٹارٹ کیا۔

مگر دل مسلسل کہہ رہا تھا...

“عشق اگر انسان کو رب تک لے جائے

مگر انسان کو دنیا سے کاٹ دے،

تو وہ روحانیت نہیں...

فرار ہے۔

میں وہ عشق چاہتا ہوں

جو انسان کو رب کے سامنے جھکائے

اور دنیا کے سامنے کھڑا کر دے

Chapter 33

میسا کی نئی اڑان اور ہاشم کی سرپرستی

Figure 33.1

ہاشم نے جب میسا کی پوری بات توجہ سے سن لی،

تو اس کے چہرے پر چھائی ہوئی فکر کی لکیر آہستہ آہستہ مدھم پڑ گئی۔

میسا نے فوراً وضاحت شروع کر دی،

جیسے وہ ہاشم کے دل میں اُبھرنے والی ہر الجھن کو خود ہی سلجھا دینا چاہتی ہو۔

"ہاشم... یہ کوئی مکمل ڈگری نہیں ہے۔

بس چھ ماہ کا ایک سرٹیفکیٹ کورس ہے۔

کلاسز صرف ہفتہ اور اتوار کو ہوتی ہیں۔"

میسا نے نرمی سے ہاشم کا ہاتھ تھام لیا۔

اس کی آنکھوں میں خلوص کی ایک صاف چمک تھی۔

"دیکھو نا... ہفتہ اور اتوار تو ویسے بھی کالج کی چھٹی ہوتی ہے۔

پورا ہفتہ میں تمہارے ساتھ قانون کی پڑھائی کروں گی۔

صرف ان دو دنوں میں چند گھنٹوں کے لیے اس سینٹر جاؤں گی۔

چھ ماہ کی ہی بات ہے... پھر میرے پاس ایک اضافی سرٹیفکیٹ ہوگا،

جو میرے کیریئر میں واقعی کام آئے گا۔"

ہاشم ایک لمحہ خاموش رہا۔

اس نے نہ کوئی سوال کیا، نہ کوئی اعتراض۔

بس غور سے سنا۔

پھر اس کے ہونٹوں پر ہلکی سی مسکراہٹ آ گئی۔

اسے خوشی محسوس ہوئی۔

میسا صرف خوبصورت نہیں تھی،

وہ ذہین، باخبر

اور اپنے خوابوں کی سمت اڑان بھرنا جاننے والی لڑکی تھی۔

"ٹھیک ہے، میسا۔

اگر یہ صرف ہفتہ اتوار کا معاملہ ہے تو مجھے کوئی اعتراض نہیں۔

بلکہ مجھے خوشی ہے کہ تم اپنی صلاحیتوں کو آگے بڑھانا چاہتی ہو۔"

پھر اس کی آواز میں ہلکی سی شرارت شامل ہو گئی۔

"لیکن ایک شرط ہے..."

میسا فوراً چونک اٹھی۔

"کون سی شرط؟"

ہاشم نے اس کی آنکھوں میں دیکھتے ہوئے کہا:

"شرط یہ ہے کہ ہفتہ اور اتوار کو

تمہیں سینٹر چھوڑنے اور واپس لینے کی ذمہ داری میری ہوگی۔

میں نہیں چاہتا کہ چھٹی کے دن تم اکیلی ٹیکسیوں میں خوار ہوتی پھرو۔"

میسا کھلکھلا کر ہنس پڑی۔

اس ہنسی میں لاڈ بھی تھا اور اعتماد بھی۔

"منظور ہے... میرے محافظ صاحب!"

کورس کا پہلا ہفتہ

ہفتے کی صبح تھی۔

باکو کی سڑکیں چھٹی کے باعث غیر معمولی طور پر پرسکون تھیں۔

ہوا ٹھنڈی تھی، آسمان صاف اور نیلا۔

ہاشم نے گاڑی اسٹارٹ کی۔

میسا پیچھے بیٹھی تھی، بیگ گود میں رکھے،

آنکھوں میں جوش اور امید کی چمک لیے۔

سینٹر شہر کے ایک جدید علاقے میں واقع تھا۔

شیشے کی عمارتیں، صاف ستھرا ماحول

اور ہر طرف پیشہ ورانہ سنجیدگی کا احساس۔

ہاشم نے گاڑی گیٹ کے بالکل قریب روک دی۔

وہ میسا کی طرف مڑا۔

آواز میں خلوص اور حوصلہ تھا۔

"جاؤ، میسا... اپنی نئی منزل کی طرف پہلا قدم بڑھاؤ۔

میں یہیں باہر تمہارا انتظار کروں گا،

یا کلاس ختم ہوتے ہی ٹھیک اسی جگہ موجود ہوں گا۔"

میسا نے بیگ سنبھالا،

دروازہ کھولا

اور پھر مڑ کر ہاشم کو دیکھا۔

آنکھوں میں شکرگزاری تھی

اور ہونٹوں پر ہلکی سی شرارت۔

"شکریہ، ہاشم...

"تم واقعی ہمیشہ میرے ساتھ ہوتے ہو۔

وہ اندر چلی گئی۔

ہاشم گاڑی میں ہی بیٹھا رہا۔

دیر تک گیٹ کو دیکھتا رہا۔

اس لمحے میں ایک عجیب سا احساس تھا۔

میسا پہلی بار کچھ دیر کے لیے

اس کے رعب دار سائے سے باہر قدم رکھ رہی تھی،

اپنی الگ پہچان بنانے کے لیے۔

دل میں فخر بھی تھا۔

اس کی میسا...

صرف خوبصورت نہیں،

بلکہ ذہن اور عزم میں بھی مضبوط تھی۔

یوں پورے چھ ماہ کا یہ معمول طے پا گیا تھا۔

ہفتے بھر وہ کالج میں

"وکیل ہاشم" بن کر رہتا—

سخت، سنجیدہ اور باوقار۔

اور ہفتہ اتوار کو

—وہ ایک ذمہ دار ساتھی بن جاتا

میسا کو لاتا، چھوڑتا

اور واپس لے آتا۔

یہ چھ ماہ

ان کے درمیان اعتماد کو مزید مضبوط کرنے والے تھے

اور تعلق کو اور زیادہ گہرا کرنے والے۔

کیونکہ ہاشم جانتا تھا...

میسا کی یہ نئی اڑان

اسے کمزور نہیں،

بلکہ دونوں کو ایک دوسرے کے اور بھی قریب لے کر آنے والی تھی۔

اور ہاشم نے کہا :- "میں اس عشق کا قائل ہوں

جو عورت کو میرا سہارا بنائے،

—اور مجھے دنیا کے مقابل کھڑا ہونے کی طاقت دے

نہ کہ مجھے اس سے فرار سکھائے۔"

Chapter 34

مئی کی تپش اور تلخ جملوں کا ٹکراؤ

Figure 34.1

وقت کا دریا خاموشی سے بہتا رہا۔

اب تاریخ ۱۳ مئی ۲۰۲۲ تھی۔

ہاشم، جو ۲۰۱۹ میں اس سفر پر نکلا تھا،

آج قانون کے آخری سال کے عروج پر کھڑا تھا۔

میسا بھی اپنے دوسرے سال میں قدم جما چکی تھی۔

آج ہاشم کی سالگرہ تھی۔

صبح سویرے ہی میسا نے ایک خوبصورت سرپرائز کے ساتھ

ہاشم کا برتھ ڈے کیک کاٹا۔

وہ ہنسی، وہ خوشی، وہ قہقہے...

یوں لگتا تھا جیسے خوشیاں ہخمانشیوں کی دہلیز پر

ہمیشہ کے لیے ٹھہر گئی ہوں۔

مگر پیر کا دن

اپنے ساتھ ایک عجیب سی سنگینی لے کر آیا۔

استیٹ لاء کالج، باکو کے لان میں

دھوپ کی تپش بڑھ رہی تھی۔

ہاشم اور میسا ایک بینچ پر بیٹھے تھے۔

باتوں باتوں میں

میسا کی زبان سے بخمانشی قبیلے کے لیے

ایک نہایت نازیبا اور غلط لفظ نکل گیا۔

ہاشم کا ہاتھ ایک لمحے کے لیے رک گیا۔

چہرے پر سنجیدگی اتر آئی۔

مگر اس نے میسا کی خاطر

اس بات کو نظر انداز کیا

اور مسکرا دیا۔

کچھ ہی دیر گزری تھی

کہ ہاشم نے بھی اسی لہجے میں

میخانچی قبیلے کے لیے

ایک ویسی ہی تلخ بات کہہ دی۔

میسا کے ماتھے پر بل پڑ گئے۔

"تمہاری ہمت کیسے ہوئی، ہاشم؟"

فضا میں اچانک

گرمجوشی بھر گئی۔

محبت کی جگہ

قبیلوں کی انا نے لے لی۔

ہاشم نے میسا کو منانے کی کوشش کی،

مگر جب میسا نہ مانی

تو ہاشم کے لہجے میں

وہی پرانا ہخمانشی جلال لوٹ آیا۔

ہاشم (سرد لہجے میں):

"میسا، دیکھو!

میں چاہوں تو میخانچیوں کے سامنے سے

تمہیں اٹھا کر لے جاؤں،

میرا کوئی کچھ نہیں بگاڑ سکتا۔"

میسا (غصے سے):

"کیوں؟

تم نے میخانچی قبیلے کو

غیرت سے خالی سمجھ رکھا ہے؟"

ہاشم:

"نہیں، میں نے کب کہا

کہ وہ غیرت مند نہیں؟

میں تو بس یہ کہہ رہا ہوں

کہ ہم ہخمانشی اتنے طاقتور ہیں

کہ کوئی ہمارا کچھ نہیں بگاڑ سکتا۔

تاریخ گواہ ہے،

آج تک میخانچی ہمارے منہ پر کچھ نہیں کر سکے،

ہمیشہ پیٹھ پیچھے ہی وار کیا ہے۔

میں تکبر نہیں کر رہا،

"میں سچ بول رہا ہوں۔

ہاشم ایک لمحے کے لیے رکا۔

پھر میسا کی آنکھوں میں آنکھیں ڈال کر بولا:

"پر ایک بات یاد رکھنا...

اگر کبھی میں تمہیں اٹھانے آیا،

تو یہ نہ کہنا کہ تم ہاشم کی نہیں ہو۔

اگر تم نے ایسا کہا

تو پھر میں کچھ نہیں کر پاؤں گا،

میری ہمت ٹوٹ جائے گی۔"

میسا کا پارہ چڑھ گیا۔

"ہاشم!

تم کہنا کیا چاہتے ہو؟

تمہارا دماغ ٹھکانے پر ہے؟"

ہاشم (دھاڑتے ہوئے):

“میں سچ بتا رہا ہوں!

تم پتا نہیں کیوں مجھے کمزور سمجھتی ہو؟

میں اتنا کمزور نہیں ہوں

جتنا تم سمجھتی ہو،

یا جتنا تم ہخمانشیوں کو حقیر سمجھتی ہو!”

میسا (طنز سے):

“ہخمانشی وہی تھے نا

جن کی اتنی بڑی سلطنت کے باوجود

آج وہ کہیں نظر نہیں آتے؟

یہی ہے تمہاری تاریخ؟

اسی تاریخ پر اڑ رہے ہو تم؟”

یہ جملہ

ہاشم کے دل پر

نشتر کی طرح لگا۔

اس نے غصے سے

میسا کی طرف دیکھا۔

آنکھوں میں سرخی اتر آئی۔

ہاشم:

"تو سنو، میسا!

اب کے بعد میں

'ہاشم بخمانشی' نہیں،

میں 'ہاشم ولد حشام' ہوں!

میں وہ ہاشم ہوں

جو اگر تکلیف دیتا ہے

تو ہوائیں اور آسمان بھی پناہ مانگتے ہیں۔

سمجھی؟

جا رہا ہوں میں!"

ہاشم پیر پٹختا ہوا

وہاں سے اٹھ کر چلا گیا۔

میسا نے ایک بار بھی

اسے نہیں روکا۔

وہ وہیں بیٹھی رہی۔

ہاشم غصے میں باہر نکلا۔

دل چاہ رہا تھا

کہ سب کچھ توڑ دے۔

مگر پھر اسے خیال آیا...

اتنی دھوپ میں

میسا پیاسی ہوگی۔

وہ غصہ پی گیا۔

باہر سے

ٹھنڈا پانی اور جوس لے کر

واپس آیا۔

جب وہ واپس پہنچا

تو دیکھا

میسا کا سر جھکا ہوا ہے۔

کندھے سسک سسک کر ہل رہے ہیں۔

وہ رو رہی تھی۔

ہاشم کا سارا جلال

ایک لمحے میں

زمین بوس ہو گیا۔

اس نے پانی اور جوس ایک طرف رکھا۔

میسا کے پاس

گھٹنوں کے بل بیٹھ گیا۔

ہاشم (نرم لہجے میں):

"میسا...

دیکھو، میں آ گیا ہوں۔

میں پاگل ہوں،

غصے میں کیا کچھ کہہ گیا...

براہِ مہربانی مت روؤ۔"

اس نے میسا کے آنسو پونچھے۔

اسے منانے لگا۔

وہ شیر

جو ابھی آسمان ہلا دینے کی باتیں کر رہا تھا،

اب میسا کی ایک سسکی کے سامنے

گھٹنوں کے بل جھکا ہوا تھا۔

کالج کے لان میں

وہ منظر نہایت جذباتی تھا۔

جہاں

قبیلوں کی دشمنی

ایک بار پھر

محبت سے ہار گئی تھی۔

Chapter 35

آنکھ کا نم، دل کا غبار اور محبت کی ہار

Figure 35.1

ہاشم جب جوس اور پانی کی بوتلیں لیے میسا کے پاس پہنچا،

تو اسے گمان تھا کہ شاید اس کے لوٹ آنے سے

میسا کا غصہ کچھ کم ہو جائے گا۔

مگر اسے کیا خبر تھی

کہ میخانچی لڑکی کا جلال

ہخمانشیوں کے جلال سے کم نہیں ہوتا۔

میسا نے جیسے ہی ہاشم کو سامنے دیکھا،

تیزی سے ہاتھ بڑھایا،

پانی کی بوتل چھین لی

اور پورا پانی ہاشم کے منہ پر دے مارا۔

ہاشم کا سفید لباس شرابور ہو گیا۔

اس کا سنجیدہ چہرہ، اس کی داڑھی،

سب پانی سے تر ہو گئے۔

ایک لمحے کے لیے

پورا منظر جیسے تھم سا گیا۔

مگر ہاشم نے

نہ غصہ کیا،

نہ ایک قدم پیچھے ہٹا۔

اس نے جیب سے نہایت سکون کے ساتھ

ٹشو نکالا،

اپنے چہرے اور آنکھوں کو

آہستہ آہستہ صاف کرنے لگا۔

یوں جیسے یہ پانی نہیں،

بلکہ اس کی اپنی کسی تلخ بات کا کفارہ ہو۔

ہاشم (دھیمے لہجے میں):

"ٹھنڈک پڑ گئی؟

اگر ابھی بھی غصہ باقی ہے

تو یہ جوس بھی مار دو...

میں ایک اور ٹشو نکال لوں گا۔"

میسا جو سسکیاں لے رہی تھی،

ہاشم کی اس برداشت پر

اور زیادہ تپ اٹھی۔

وہ بیگ اٹھا کر کھڑی ہوئی

اور تیزی سے چلنے لگی۔

ہاشم نے لپک کر

اس کا ہاتھ تھام لیا۔

“میسا!

ضد چھوڑو...

آؤ، میں تمہیں گھر چھوڑ دیتا ہوں۔”

میسا (ہاتھ چھڑانے کی کوشش کرتے ہوئے):

“نہیں!

میں تمہارے ساتھ کہیں نہیں جاؤں گی۔

میں بس میں چلی جاؤں گی،

رکشہ کر لوں گی،

پر تمہاری شکل نہیں دیکھنی!”

ہاشم (منت بھرے لہجے میں):

“اس حالت میں اکیلی کیسے جاؤ گی؟

غصہ تھوک دو، میسا...

چاہو تو میرے منہ پر تھوک دو،

مگر یوں روٹھ کر مت جاؤ۔

تمہیں روتا دیکھ کر

میں اندر سے ٹوٹ جاتا ہوں۔

میں بدتمیز ہوں، ضدی ہوں...

مگر تمہارا دشمن تو نہیں ہوں نا؟"

وہیں کالج کے لان میں،

سب کے سامنے،

ہاشم نے میسا کے آگے

ہاتھ جوڑ دیے۔

وہ "ہاشم ولد حشام"

جس کی ایک ٹھوکر سے

مخالفوں کی دنیا ہل جایا کرتی تھی،

آج ایک لڑکی کو منانے کے لیے

خود کو توڑ رہا تھا۔

میسا نے جب

ہاشم کی آنکھوں میں

سچی ندامت دیکھی،

تو اس کی مزاحمت

آہستہ آہستہ پگھلنے لگی۔

ہاشم نے بڑی مشکل سے،

نرمی اور پیار سے،

اسے منایا

اور تقریباً زبردستی

گاڑی کی اگلی نشست پر بٹھایا۔

گاڑی باکو کی سڑکوں پر چلنے لگی،

مگر خاموشی

ابھی تک ساتھ ساتھ چل رہی تھی۔

ہاشم نے گاڑی

ایک کیفے کے پاس روکی،

دوبارہ جوس

اور کچھ ہلکی پھلکی چیزیں خرید کر لایا۔

اس بار

اس نے خود

جوس کا تنکا

میسا کے لبوں کے قریب کیا۔

"اب پی لو...

ورنہ میں سمجھوں گا

کہ تم نے مجھے معاف نہیں کیا۔"

میسا نے خاموشی سے

ایک گھونٹ لیا۔

ہاشم کے دل میں

جیسے دوبارہ جان آ گئی۔

اس نے گاڑی

سڑک کے کنارے روک دی،

میسا کو

اپنی بانہوں کے حصار میں لے لیا۔

ہاشم (نرم آواز میں):

"تم جانتی ہو، میسا؟

جب تم مجھ سے ناراض ہوتی ہو

تو مجھے لگتا ہے

جیسے پوری کائنات

مجھ سے روٹھ گئی ہو۔

میں دوبارہ کبھی

ایسی بات نہیں کروں گا

جو تمہارے قبیلے

یا تمہارے دل کو زخمی کرے۔

تم میرے لیے

ان تمام سلطنتوں سے بڑی ہو

جن کا تم نے ذکر کیا تھا۔"

میسا نے

ہاشم کے کندھے پر سر رکھ دیا۔

اس کے بھیگے ہوئے سفید کوٹ کو

اپنے ہاتھوں سے

آہستہ آہستہ صاف کرنے لگی۔

وہ غصہ،

وہ تلخی،

اور وہ قبیلوں کی دیواریں

ایک بار پھر

ان کی محبت کی حدت میں

پگھل چکی تھیں۔

ہاشم نے اسے گھر چھوڑنے سے پہلے

شہر کا ایک لمبا چکر لگوایا۔

روشنیاں،

ہوا،

خاموش سڑکیں...

سب کچھ یوں لگ رہا تھا

جیسے دنیا

دوبارہ سے خوبصورت ہو گئی ہو۔

میسا پھر سے

وہی ہنستی مسکراتی لڑکی بن گئی تھی

جسے ہاشم

اپنی جان سے بھی زیادہ عزیز رکھتا تھا۔

اور اسی لمحے

ہاشم نے دل ہی دل میں کہا:

“کچھ عاشق عشق کو منزل سمجھ کر

وہیں رک جاتے ہیں،

اور کچھ لوگ عشق کو آزمائش بنا کر

آگے بڑھ جاتے ہیں۔

وہ محبت میں کھو کر

اپنی طاقت ہار دیتے ہیں،

اور میں محبت کو قابو میں رکھ کر

اپنے مقصد تک پہنچنا سیکھتا ہوں۔

محبت وہی اچھی ہے

جو مرد کو مضبوط بنائے،

نہ کہ اسے اس کے راستے سے بھگا دے۔”

ہاشم دل ہی دل میں:-

عشق کیا فقط کیا

،تو اختیار کے ساتھ

اور طاقت بھی رکھتا ہوں

تو ضبط کے ساتھ۔

Chapter 36

اکتوبر کی سرد ہوا اور مستقبل کے دھندلے خواب

Figure 36.1

سال دو ہزار بائیس کا اکتوبر باکو میں

اپنی پوری اداسی اور سرد مہری سمیٹے اتر آیا تھا۔

فضا میں ایک ایسی خاموشی تھی

جو لفظوں میں نہیں سماتی۔

درختوں سے جھڑتے زرد پتے

یوں لگتے تھے جیسے وقت خود بکھر رہا ہو۔

جھیل کی لہریں بھی

سردی کے بوجھ تلے

آہستہ اور تھکی ہوئی محسوس ہوتی تھیں۔

یہ مہینہ ہاشم اور میسا کے لیے

محض ایک موسم نہیں تھا،

یہ فیصلہ کن موڑ تھا۔

ہاشم کی قانون کی ڈگری

اپنے آخری سنگِ میل پر کھڑی تھی،

اور میسا اپنی تعلیم کے دوسرے سال میں

خود کو سنبھالتے ہوئے آگے بڑھ رہی تھی۔

ایک شام،

جب آسمان پر گہرے بادل چھائے ہوئے تھے،

وہ دونوں جھیل کے کنارے

بغیر کچھ کہے ٹہل رہے تھے۔

سرد ہوا ان کے چہروں کو چھو رہی تھی،

مگر ہاشم کے اندر

ایک اور ہی طوفان برپا تھا۔

کچھ سوال تھے

جو بار بار دل پر دستک دے رہے تھے،

اور جواب مانگ رہے تھے۔

ہاشم نے قدم روک لیے۔

میسا کی طرف دیکھا۔

آواز میں سنجیدگی کے ساتھ

ایک دبی ہوئی بےچینی تھی۔

“میسا...

وہ چھ ماہ والا کورس

جو تم ہفتہ اتوار کرتی تھیں،

اس کا کیا بنا؟

سرٹیفکیٹ مل گیا؟"

میسا ایک لمحے کے لیے ٹھہر گئی۔

نظریں جھیل کی لہروں میں اتار دیں،

جیسے سچ کو پانی میں چھپا دینا چاہتی ہو۔

"نہیں ہاشم...

ابھی نہیں ملا۔

کہہ رہے ہیں

دو ماہ بعد ملے گا۔"

ہاشم کی بھنویں

لا شعوری طور پر تن گئیں۔

"اتنی دیر کیوں؟

چھ ماہ کا کورس

تو کب کا مکمل ہو جانا چاہیے تھا۔"

میسا نے نظریں چرائیں۔

آواز ہلکی تھی،

مگر اس ہلکے پن میں

ایک بوجھ چھپا ہوا تھا۔

“پتا نہیں...

شاید انتظامیہ کا مسئلہ ہے۔

یا نتیجہ دیر سے آ رہا ہے۔

میں نے زیادہ پوچھا نہیں۔”

ہاشم نے گہری سانس لی۔

آواز نرم ہو گئی،

مگر دل مزید بھاری ہو گیا۔

“اچھا...

کوئی بات نہیں۔

مل جائے گا۔”

باتیں جاری رہیں،

مگر وہ پہلے والی حرارت

کہیں کھو چکی تھی۔

لفظ موجود تھے،

مگر دلوں کے درمیان

ایک انجانی سی دیوار کھڑی ہو گئی تھی۔

کچھ دیر بعد

ہاشم نے خاموشی توڑ دی۔

“میسا...

میں مستقبل کے بارے میں سوچ رہا ہوں۔

میری ڈگری اب مکمل ہونے والی ہے۔

میں چاہتا ہوں

کہ جیسے ہی میں وکالت شروع کروں...

ہم باکو چھوڑ دیں۔”

میسا چونک گئی۔

باکو چھوڑ دیں؟“

”کیوں؟

ہاشم نے اس کی آنکھوں میں

سیدھا دیکھتے ہوئے کہا:

“کیونکہ یہ شہر

ہمیں سانس نہیں لینے دیتا۔

یہاں ہر گلی

کسی پرانی دشمنی کی گواہ ہے۔

ہر موڑ

کسی زخم کی یاد دلاتا ہے۔

میں چاہتا ہوں

کہ ہم ایسی جگہ جائیں

جہاں انسان

اپنے کام سے پہچانا جائے،

”نسب اور قبیلے سے نہیں۔

وہ اس کے قریب آیا،

اس کے ہاتھ تھام لیے۔

آواز میں گہرا عزم تھا۔

"میں ایسی جگہ وکالت شروع کرنا چاہتا ہوں

جہاں قانون بولے

اور تعصب خاموش رہے۔

جہاں تم

بغیر خوف کے

سانس لے سکو۔

جہاں ہماری صبحیں

کسی جنگ کے خدشے کے بغیر ہوں۔"

وہ لمحہ بھر رکا،

پھر دھیرے سے بولا:

"میں تمہیں ایک ایسا گھر دینا چاہتا ہوں

جہاں سکون ہو،

جہاں زندگی

دوبارہ شروع کی جا سکے۔

کیا تم میرا ساتھ دو گی؟"

میسا خاموش رہی۔

ہاشم کے خواب مضبوط تھے،

مگر ان خوابوں میں

جڑوں سے اکھڑنے کا درد بھی شامل تھا۔

میسا نے دھیرے سے کہا:

"ہاشم...

تم اپنی میراث،

اپنی پہچان

سب کچھ چھوڑ پاؤ گے؟

کیا تم واقعی

اس سائے سے نکل سکو گے

جس میں تم نے آنکھ کھولی؟"

ہاشم نے ٹھہرے ہوئے لہجے میں جواب دیا:

"میں ہاشم رہوں گا،

اپنے نام اور کردار کے ساتھ۔

میں میراث سے بھاگ نہیں رہا،

میں اسے اپنے ضمیر کے مطابق

آگے لے جانا چاہتا ہوں۔

میں اپنی پہچان

خود لکھنا چاہتا ہوں۔"

پھر اس نے وہ بات کہی

جو اس کے دل کی تہہ سے نکلی تھی:

"جو لوگ ماضی کو اوڑھ کر بیٹھ جاتے ہیں

وہ حال میں مر جاتے ہیں۔

اور جو ماضی کو بنیاد بنا لیتے ہیں

وہ مستقبل تعمیر کرتے ہیں۔

میں درد کو کمزوری نہیں بناؤں گا،

میں اسے اپنی طاقت بناؤں گا۔

میں خوف کے ساتھ نہیں،

”فیصلے کے ساتھ جینا چاہتا ہوں۔

اکتوبر کی وہ شام

خاموشی سے گزر گئی۔

مگر ہاشم کے یہ لفظ

میسا کے دل میں

امید اور خوف

دونوں ہو گئے تھے۔

جھیل کی لہریں

اب بھی چپ چاپ بہہ رہی تھیں،

جیسے وہ بھی

ان دونوں کے آنے والے کل کو

خاموش آنکھوں سے دیکھ رہی ہوں۔

Chapter 37

میسا کی غیر موجودگی اور ہاشم کا سفرِ ہجرت

Figure 37.1

اکتوبر دو ہزار بائیس کی ایک خنک صبح تھی۔

باکو کی فضا میں سردی کی پہلی لہر

خاموشی کے ساتھ اتر رہی تھی۔

ہفتے کا دن تھا۔

ہاشم اپنی چمکتی ہوئی کالی گاڑی میں

میسا کے گھر کے باہر بیٹھا انتظار کر رہا تھا۔

یہ اس کا معمول بن چکا تھا،

ہر ہفتہ، ہر اتوار

میسا کو سینٹر چھوڑنا

اور واپس لانا۔

اس نے گھڑی پر نظر ڈالی۔

وقت گزر رہا تھا،

مگر میسا اب تک باہر نہیں آئی تھی۔

اچانک موبائل کی گھنٹی بجی۔

اسکرین پر میسا کا نام روشن ہو گیا۔

میسا (جلدی میں):

"ہاشم، مجھے معاف کر دینا...

آج میں سینٹر نہیں جا سکوں گی۔

بابا اور قبیلے کے بڑے

اچانک ہمیں لے کر قرا باغ کے

ایک دور افتادہ قبائلی علاقے جا رہے ہیں۔

وہاں میخانچیوں کا روایتی قبائلی میلہ ہے،

تین دن تک چلے گا۔

یہ ہمارے قبیلے کی پرانی روایت ہے،

میرا وہاں ہونا ضروری ہے۔"

ہاشم کے چہرے پر

ایک لمحے کے لیے مایوسی اتر آئی،

مگر اس نے خود کو سنبھال لیا۔

"تین دن؟

یعنی ہم تین دن نہیں مل پائیں گے؟"

میسا:

"ہاں ہاشم...

وہاں سگنل کا بھی مسئلہ ہوگا۔

لیکن جیسے ہی واپس آؤں گی

تمہیں اطلاع دوں گی۔

اپنا خیال رکھنا۔"

کال ختم ہو گئی۔

ہاشم نے ایک گہری سانس لی۔

گاڑی کا رخ موڑا۔

خالی سڑک پر گاڑی چلنے لگی

اور اس کے ذہن میں

وہی خیال پھر ابھر آیا

جو کئی دنوں سے اس کا پیچھا کر رہا تھا

باکو سے ہجرت۔

وہ حویلی پہنچا۔

امیر اور ارزان صحن میں

ہنستے ہوئے تاش کھیل رہے تھے۔

ہاشم (بلند آواز میں):

اوئے! تاش چھوڑو۔“

سامان پیک کرو۔

ہم تین دن کے لیے باکو سے باہر جا رہے ہیں۔

میں دیکھنا چاہتا ہوں

کہ باکو کے علاوہ

”کون سا شہر ہمارے رہنے کے قابل ہے۔

ارزان خوشی سے اچھل پڑا۔

بھائی! آپ نے تو دل کی بات کہہ دی۔“

”کہاں کا ارادہ ہے؟

ہاشم نے مختصر جواب دیا:

شکی چلتے ہیں۔“

سنا ہے وہاں سکون بھی ہے

اور قانون کی عزت بھی۔”

شکی کا سفر

تینوں دوست

باکو کی شور زدہ زندگی سے نکل کر

پہاڑی راستوں،

سبز میدانوں

اور بل کھاتی سڑکوں پر آ گئے۔

جوں جوں فاصلہ بڑھتا گیا،

ہاشم کے دل کا بوجھ

آہستہ آہستہ ہلکا ہوتا گیا۔

پہلا دن

شکی پہنچتے ہی

قدیم عمارتوں اور کاروان سراؤں نے

ان کا استقبال کیا۔

ہاشم نے ایک پرانے مگر نفیس ہوٹل میں قیام کیا۔

شام کو وہ شکی خان کے محل گئے۔

دیواروں پر بنے نقش و نگار دیکھ کر

ہاشم دیر تک سوچ میں ڈوبا رہا۔

کیا وہ یہاں

اپنی ایک چھوٹی سی وکالت کی دنیا

آباد کر سکتا ہے؟

رات کو شکی کی مشہور مٹھاس چکھی۔

امیر نے تسبیح نکالی

اور اس پرسکون فضا میں

خاموشی سے شکر ادا کیا۔

دوسرا دن

ارزان کی ضد پر

پہاڑوں کا رخ کیا۔

گھڑ سواری کی۔

کِش نامی گاؤں دیکھا۔

ارزان نے حسبِ عادت

شرارتیں شروع کیں۔

ہاشم کی ایک گہری گھور

سب کچھ خاموش کر گئی۔

چشمے کے کنارے بیٹھ کر

گرم چائے پی۔

ہاشم نے پہلی بار

دل کھول کر ہنستے ہوئے کہا:

“امیر،

اگر ہم یہاں آ بسیں

”تو کیا تم یہاں کی سرداری سنبھال لو گے؟

امیر مسکرایا۔

“ہاشم،

جہاں تم ہو

”وہیں ہماری سرداری ہے۔

١

تیسرا دن

واپسی سے پہلے

ہاشم نے کچہری کے علاقے کا دورہ کیا۔

سادہ لوگ،

مہذب رویے

اور ایک خاموش وقار۔

اسے پہلی بار شدت سے محسوس ہوا

کہ یہاں ایک نئی، صاف

اور محفوظ زندگی

شروع کی جا سکتی ہے۔

واپسی پر

شکی کا مشہور حلوہ خریدا۔

تصویریں بنائیں۔

ان تصویروں میں

ہاشم کے چہرے پر

ایک سال بعد

حقیقی سکون جھلک رہا تھا۔

ان تین دنوں نے

ہاشم کو یہ یقین دلا دیا تھا

کہ وہ میسا کے ساتھ

باکو سے دور

ایک پرامن دنیا بسا سکتا ہے۔

اور اسی سفر میں

اس نے دل ہی دل میں کہا:

"آدمی جگہ بدلنے سے بڑا نہیں بنتا،

وہ اپنے ارادے بدل کر بڑا بنتا ہے۔

میں حالات کے سائے میں نہیں جیوں گا،

میں اپنی محنت سے

اپنی تقدیر کا رخ موڑوں گا۔"

مگر دل کے کسی کونے میں

...ایک سوال اب بھی زندہ تھا

میخانچیوں کے اس تین دن کے

قبائلی میلے میں

میسا کس حال میں ہوگی؟

Chapter 38

شیر کا بکھرنا اور اکتوبر کا نوحہ

Figure 38.1

میسا کے جانے کے بعد ہاشم وہیں ساکت کھڑا رہ گیا۔

جیسے اس کے اندر کی ساری دنیا ایک زلزلے کی زد میں آ گئی ہو۔

اس نے زمین پر بکھرے ہوئے شکی کے تحفوں کو دیکھا۔

وہ ریشمی اسکارف جو اب مٹی میں رل رہا تھا۔

وہ حلوہ جسے اس نے بڑی چاہت سے لایا تھا۔

وہ نایاب دستکاری کے ٹکڑے جو اب گرد آلود تھے۔

سینے میں ایک ایسی تڑپ اٹھی جو برداشت سے باہر تھی۔

قریب سے گزرتے ایک جونیئر لڑکے کو اس نے بازو سے جکڑ لیا

"اوئے! ادھر آ۔"

"یہ لے پیسے... بھاگ کر جا اور سامنے والے اسٹور سے نیند کی گولیاں اور پانی لے کر آ۔"

"باقی پیسے تو رکھ لینا۔ جا!"

ہاشم کی آواز میں ایسی وحشت تھی کہ لڑکا انکار نہ کر سکا۔

کچھ ہی دیر میں وہ واپس آیا۔

ہاشم نے کانپتے ہاتھوں سے پتے نکالے۔

ایک ساتھ کئی گولیاں حلق سے نیچے اتار لیں۔

وہ وہیں لان کے ایک کونے میں، مٹی اور گرد کے درمیان بیٹھ گیا۔

آہستہ آہستہ دوا نے اپنا اثر دکھایا۔

سر ایک طرف ڈھلک گیا۔

آنکھیں بند ہو گئیں۔

سات گھنٹے بعد – کالج میں کہرام

شام کے سائے گہرے ہو رہے تھے۔

گیٹ سے امیر، ارزان، آراز، مراد، شاہان اور جہانگیر پریشانی کے عالم میں داخل ہوئے۔

"ہاشم! اوئے ہاشم کہاں ہے؟"

"ابے کوئی تو بتاؤ وہ کہاں گیا؟"

ارزان کی آواز میں چیخیں تھیں۔

اچانک انہوں نے دیکھا کہ لان کے دور افتادہ کونے میں لوگوں کا ہجوم ہے۔

باشم ہاشم" کی آوازیں گونج رہی تھیں۔"

جیسے ہی یہ سب وہاں پہنچے، لوگوں نے راستہ دے دیا۔

امیر بھائی! ارزان بھائی! دیکھیں... ہاشم بھائی پچھلے سات گھنٹوں سے یہاں مٹی"
میں سوئے پڑے ہیں۔"

ارزان، جو ہمیشہ دوسروں کو ہنساتا تھا،

جب اس نے ہاشم کو اس حال میں دیکھا تو اس کی آنکھیں نم اور سرخ ہو گئیں۔

ہاشم... بخمانشی خاندان کا بھرم۔

جس کے جوتے پر مٹی دیکھنا بھی گوارا نہ تھا۔

آج وہ خود مٹی میں لت پت تھا۔

سر پر مٹی، کپڑے گرد آلود،

وہ کسی ہارے ہوئے سپاہی کی طرح بے سدھ پڑا تھا۔

امیر نے آگے بڑھ کر اس کا کندھا جھنجھوڑا۔

"ہاشم؟ اے ہاشم آنکھیں کھول!"

"تو تو شیر ہے ہمارا!"

ہاشم نے بوجھل پلکیں کھولیں۔

نظریں دھندلی تھیں۔

جیسے ہی اس نے اپنے دوستوں کو دیکھا،

لبوں پر ایک خوفناک، پاگلوں والا قہقہہ پھوٹ پڑا۔

ہاشم (قہقہہ لگاتے ہوئے):

"ہاہاہا! امیر..."

"میں نے کب کہا کہ میں چوہا ہوں؟"

"میں شیر ہی ہوں... پر ایسا شیر جس کا شکار اس کی اپنی ہی جان لے گیا۔"

اس کی یہ حالت دیکھ کر سب کے دل دہل گئے۔

جو لوگ تماشہ دیکھنے آئے تھے،

ان کی جرات نہ ہوئی کہ اس جلال کے سامنے کھڑے ہو سکیں۔

امیر اور ارزان نے زمین پر بکھرے تحفے دیکھے۔

تو سب سمجھ گئے کہ یہ زخم کسی دشمن کا نہیں...

میسا کا دیا ہوا ہے۔

ہاشم نے سر پیچھے کی طرف جھٹکا۔

بند آنکھوں کے ساتھ درد بھرے لہجے میں بڑبڑانے لگا:

"...سنو سب"

"سر پر لگی چوٹ اور دل پر لگا زخم انسان کو مارتا نہیں ہے۔"

بلکہ اسے وہ سچائی دکھاتا ہے جو وہ اپنی محبت کی چادر میں چھپائے بیٹھا ہوتا"
"ہے۔

اکتوبر دو ہزار بائیس کی یہ ٹھنڈک مجھے یاد دلائے گی"

کہ ہخمانشیوں کی تاریخ میں

"ہجرت' کا لفظ غداری سمجھا جاتا ہے۔'

...میں جس کے لیے سایہ تھا"

"اس نے مجھے سایہ کے بغیر چھوڑ دیا۔

"...ارزان! رونا مت"

کیونکہ جب محل گرتے ہیں"

"...تو ملبہ صرف مٹی نہیں ہوتا

"وہ ایک جیتے جاگتے انسان کی انا ہوتی ہے۔"

...میں نے اسے اپنا سارا آسمان سمجھا تھا"

"اور وہ مجھے ایک بے آسمان چھوڑ گئی۔

ہاشم دوبارہ قہقہہ لگانے لگا۔

ایک ایسا قہقہہ جس میں درد کی ہزاروں داستانیں چھپی تھیں۔

ایک ایسا قہقہہ جو ہنسی نہیں، بلکہ دل کی چیخ تھا۔

اس کا یہ پاگل پن دیکھ کر

،شاہان اور جہانگیر نے اسے سہارا دے کر اٹھانے کی کوشش کی

مگر ہاشم نے سب کو جھٹک دیا۔

وہ اسی مٹی میں بیٹھ کر ہنس رہا تھا۔

جیسے اسے اس ذلت اور اس درد میں کوئی عجیب سا سکون مل گیا ہو۔

اکتوبر کی ٹھنڈی ہوا اس کے چہرے سے ٹکرا رہی تھی۔

آنسوؤں کی جگہ مٹی اس کی آنکھوں میں بھر رہی تھی۔

دل میں اب صرف ایک خالی پن تھا۔

ایک ایسا خالی پن

جو شیر کی دھاڑ بھی نہیں بھر سکتا تھا۔

ایک ایسا خالی پن

جو ہاشم ہخمانشی کو پہلی بار

کمزور کر کے رکھ گیا تھا۔

"یاد رکھو،

محبت اگر انسان کو توڑ دے

تو وہ امتحان نہیں، فریب ہوتی ہے۔

اور جو فریب سے بچ کر کھڑا ہو جائے،

وہی اصل میں شکست کے بعد

اپنی سلطنت کی بنیاد رکھتا ہے۔"

Chapter 39

منافقت کا داغ اور ٹوٹا ہوا مان

Figure 39.1

ہاشم کو جیسے ہی امیر اور ارزان نے سہارا دے کر اٹھایا

تو اس کی حالت دیکھ کر سب کے دل بیٹھ گئے۔

وہ اب بھی بڑبڑا رہا تھا...

"میں جس کے لیے سایہ تھا... اس نے مجھے سایہ کے بغیر چھوڑ دیا..."

اس کی آواز میں درد کی ایسی گہرائی تھی

کہ امیر کی آنکھیں بھی نم ہو گئیں۔

شاہان نے جلدی سے پوچھا:

"یہ کیا ہو گیا میرے بھائی کو؟"

"ہاشم کی یہ حالت... ناممکن ہے!"

"یہ جو باتیں کر رہا ہے... مجھے کچھ سمجھ نہیں آ رہی۔"

"کسی نے نشہ دیا ہے کیا؟"

"کیا ہوا ہے ہاشم کو؟"

امیر اور ارزان نے ایک دوسرے کی طرف دیکھا۔

انہوں نے زمین پر بکھرے ہوئے تحفوں کو دیکھا تھا۔

وہ ریشمی اسکارف جو مٹی میں رلا پڑا تھا۔

سب سمجھ گئے تھے...

یہ زخم کسی دشمن کا نہیں،

یہ درد میسا کا دیا ہوا ہے۔

مگر شاہان کے سامنے بات گھمانا پڑی۔

امیر نے آہستہ سے کہا:

"شاہان… پریشان نہ ہو۔"

"شاید کالج میں کوئی جھگڑا ہو گیا ہوگا۔"

"یا بس جوانی چڑھتی ہے… کوئی نشہ کر لیا ہوگا۔"

"فکر مت کرو، ٹھیک ہو جائے گا۔"

"خود بتا دے گا ہاشم نے ایسا کیوں کیا۔"

"چلو، گاڑی میں بٹھائیں اسے۔"

ارزان نے ہاشم کا ایک بازو پکڑا،

امیر نے دوسرا،

اور شاہان نے پیچھے سے سہارا دیا۔

وہ سب مل کر ہاشم کو گاڑی تک لے گئے۔

گاڑی میں بٹھاتے وقت

ہاشم کا سر ایک طرف ڈھلک گیا۔

آنکھیں کھلیں، مگر نظریں خالی تھیں۔

جیسے روح جسم سے الگ ہو چکی ہو۔

ارزان نے آہستہ سے اس کا سر اپنی گود میں رکھا۔

"بھائی... سب ٹھیک ہو جائے گا۔"

"ہم سب تیرے ساتھ ہیں۔"

گاڑی حویلی کی طرف چل پڑی۔

راستے بھر خاموشی رہی۔

صرف ہاشم کی بوجھل سانسیں

اور گاڑی کی مدھم آواز۔

جیسے ہی حویلی پہنچے،

بانو بخمانشی دروازے پر کھڑی تھیں۔

جیسے انہیں پہلے ہی احساس ہو گیا ہو

کہ کچھ بہت غلط ہو چکا ہے۔

ہاشم کو دیکھتے ہی

ان کا چہرہ سفید پڑ گیا۔

وہ دوڑ کر آئیں،

ہاتھ کانپ رہے تھے۔

"ہاشم... میرا بیٹا!"

انہوں نے اس کا چہرہ

دونوں ہاتھوں میں تھام لیا۔

مٹی آلود حلیہ دیکھ کر

آنکھوں سے آنسو بہنے لگے۔

شاہان نے بات سنبھالنے کی کوشش کی:

"امی جان... شاید کالج میں کسی سے جھگڑا ہو گیا ہوگا۔"

بانو ہخمانشی نے سر جھٹکا۔

آواز میں درد بھی تھا، یقین بھی۔

"ہرگز نہیں، شاہان۔"

"میرا ہاشم جھگڑے میں کبھی نہیں ہار سکتا۔"

"یہ مٹی، یہ بکھرا ہوا حلیہ... یہ کسی دشمن کی ضرب نہیں۔"

"یہ کسی اپنے کی منافقت کا زخم ہے۔"

"میں ماں ہوں... دل سے پہچانتی ہوں۔"

"یہ درد محبت کا ہے، دشمنی کا نہیں۔"

"یہ وہ زخم ہے جو دل ٹوٹنے سے لگتا ہے۔"

"...اور میرا بیٹا دل ٹوٹنے والا نہیں تھا"

"کسی نے اسے توڑ دیا ہے۔"

بانو نے ہاشم کو اپنی گود میں لے لیا۔

جیسے بچپن میں بخار کے دنوں میں

اسے سلاتی تھیں۔

:اس کے سر پر ہاتھ پھیرتے ہوئے بولیں

"بیٹا... اٹھ جا۔"

"امی تیرے پاس ہے۔"

"جو بھی ہوا ہے... امی سب ٹھیک کر دے گی۔"

،ہاشم کی آنکھیں بند تھیں

مگر ایک آنسو

آنکھ کے کونے سے بہہ نکلا۔

جیسے وہ سب سن رہا ہو۔

جیسے اس کی روح ابھی مکمل طور پر ہاری نہ ہو۔

...شاہان، امیر، ارزان

سب خاموش کھڑے تھے۔

ان کی آنکھیں بھی نم تھیں۔

حویلی میں ایک گہری خاموشی چھا گئی۔

اکتوبر کی ٹھنڈی ہوا

کھڑکیوں سے اندر آ رہی تھی،

مگر اس گھر میں

صرف درد کی گرمی تھی۔

بانو نے کمرے کی طرف اشارہ کیا۔

"چلو... اسے آرام کی ضرورت ہے۔"

"...کل صبح جب یہ آنکھیں کھولے گا"

"ہم سب اس کے ساتھ ہوں گے۔"

...مگر سب جانتے تھے

یہ زخم عام نہیں۔

یہ وہ زخم ہے

جو محبت کی منافقت سے لگتا ہے۔

اور ایسے زخم

وقت سے نہیں،

انقلاب سے بھرتے ہیں۔

ہاشم ہخمانشی کا قول (اس باب کے لیے):

"جب انسان کو

اس کے اپنے لوگ توڑ دیں،

تو وہ یا تو بکھر جاتا ہے

یا پھر ایسا فولاد بن جاتا ہے

جو تاریخ کے ہاتھوں بھی نہیں ٹوٹتا۔

میں ٹوٹا نہیں ہوں...

میں اب بن رہا ہوں۔"

Chapter 40

منافقت کا داغ اور ٹوٹا ہوا مان

Figure 40.1

حویلی کے صحن میں صبح کی پہلی کرن ابھی پوری طرح پھوٹی بھی نہ تھی

کہ ہاشم کمرے سے باہر آ گیا۔

آنکھیں سوجی ہوئی تھیں،

چہرہ زرد،

مگر قدموں میں ایک عجیب سی ٹھہری ہوئی پختگی تھی۔

وہ صحن کے عین وسط میں جا کر رک گیا،

جہاں اس کی ماں، بانو ہخمانشی،

فجر کے بعد دعا میں بیٹھی تھیں۔

بانو کی نظر جیسے ہی ہاشم پر پڑی،

دل کانپ اٹھا۔

وہ فوراً اٹھیں،

آگے بڑھ کر اس کا چہرہ تھام لیا۔

“بیٹا...

کیا تم ٹھیک ہو؟

رات بھر تمہاری آہیں سنائی دیتی رہیں...

دل گھبرا گیا تھا، ہاشم۔”

ہاشم نے ماں کی آنکھوں میں دیکھا۔

آواز کانپ رہی تھی،

مگر لفظ واضح تھے۔

"امی...

مجھے لگتا ہے

میں نے زندگی میں پہلی بار

دل سے ہار مانی ہے۔

میں نے سمجھا تھا

کہ محبت میں جیتنے کا مطلب

سب کچھ پا لینا ہوتا ہے،

مگر جب دل ٹوٹ جائے

تو جیت بھی بے معنی ہو جاتی ہے۔

میں نے اسے اپنی دنیا سمجھا...

اور اس نے مجھے

ایک لمحے میں بے معنی کر دیا۔"

بانو کی آنکھوں سے آنسو بہہ نکلے۔

انہوں نے ہاشم کو سینے سے لگا لیا۔

"بیٹا...

ماں جانتی ہے

یہ درد کتنا گہرا ہوتا ہے۔

مگر یاد رکھو،

شیر کا دل ٹوٹ سکتا ہے

مگر وہ مرتا نہیں۔

وہ بس خاموش ہو جاتا ہے...

اور جب دوبارہ اٹھتا ہے

تو دنیا کو اپنی خاموشی سے لرزا دیتا ہے۔"

ہاشم نے ماں کے سر پر ہاتھ رکھا۔

آنکھوں میں نمی تھی،

مگر آنسو اب رُک چکے تھے۔

"امی...

میں غلط تھا۔

میں نے سوچا تھا

کہ باکو چھوڑ کر

ہم سب کچھ ٹھیک کر سکتے ہیں۔

میں آج اس سے معافی مانگنے جا رہا ہوں۔

آخری بار۔

اگر وہ سن لے...

تو شاید سب ٹھیک ہو جائے۔"

بانو نے اس کا چہرہ دونوں ہاتھوں میں لیا۔

"جا بیٹا...

آخری کوشش کر لو۔

مگر یاد رکھنا،

اگر اس نے تمہیں ٹھکرا دیا

تو تم بکھرو گے نہیں...

تم بدلو گے۔"

ہاشم نے ایک گلدستہ خریدا۔

سرخ گلاب،

سفید چمبیلی،

اور ہلکی سی خوشبو دار جڑی بوٹیاں۔

وہ سفید شرٹ، سیاہ کوٹ

اور والد کی دی ہوئی گھڑی پہن کر

ویک اینڈ سینٹر کی طرف روانہ ہوا۔

دل میں ایک ہی دعا تھی:

"یا اللہ...

اس بار سچ دکھا دے،

چاہے درد کے ساتھ ہی کیوں نہ ہو۔"

استقبالیہ کے قریب پہنچتے ہی

اس کے قدم زمین میں گڑھ گئے۔

سامنے میسا بیٹھی تھی۔

مگر اکیلی نہیں۔

ایک لڑکا اس کے قریب تھا۔

دونوں ہنس رہے تھے۔

میسا کا ہاتھ اس کے کندھے پر تھا۔

...وہی ہنسی

جو کبھی صرف ہاشم کے لیے تھی۔

چند ہی لمحوں میں

ہاشم نے جان لیا:

نام: بہرام۔

مگر اصل وار ابھی باقی تھا۔

میسا کے گلے میں

وہ “H & M” والا لاکٹ نہیں تھا۔

اس کی جگہ

ایک نیا لاکٹ چمک رہا تھا۔

“MB”

میسا... بہرام۔

ہاشم کے ہاتھ کانپ گئے۔

دل جیسے سینے میں ڈوب گیا۔

وہ لاکٹ

اس کی ایک سال کی محبت پر طمانچہ تھا۔

اس کی غیرت پر طمانچہ تھا۔

اس کے صبر پر طمانچہ تھا۔

اس نے گلدستہ زمین پر رکھ دیا۔

سرخ گلاب بکھر گئے۔

وہ چیخا نہیں۔

وہ لڑا نہیں۔

وہ رویا نہیں۔

وہ خاموشی سے مڑا

اور واپس چلا گیا۔

رات کو جب وہ حویلی لوٹا

تو اس کے چہرے پر

کوئی آنسو نہیں تھے۔

کمرے میں جا کر

اس نے دروازہ بند کیا،

روشنی بجھا دی،

اور اندھیرے میں بیٹھ گیا۔

دل میں ایک ہی جملہ گونج رہا تھا:

"میں نے تمہیں اپنا سب کچھ سمجھا...

اور تم نے مجھے کچھ بھی نہیں سمجھا۔"

اسی لمحے

ہاشم کے اندر کچھ دفن ہو گیا۔

اب وہ محبت میں الجھا ہوا ہاشم نہیں تھا۔

اب وہ

ہاشم ولدِ حشام تھا۔

جو محبت

میرے مقصد کے راستے میں آ جائے

میں اسے یاد بھی نہیں رکھتا،

دفن کر دیتا ہوں۔

کیونکہ مرد

ٹوٹنے کے لیے نہیں بنتا،

وہ فیصلہ کرنے کے لیے پیدا ہوتا ہے۔"

یہ باب ختم نہیں ہوا۔

یہ ہاشم کی پیدائش تھی —

محبت سے آزاد،

مقصد کے غلام۔

Chapter 41

ولن کا جنم: ہاشم ولد حشام – ہاشم ہخمانشی کا آخری فیصلہ

Figure 41.1

باکو کی وہ رات گہری خاموش تھی

ستارے بھی جیسے ڈوب گئے تھے۔

ہوا میں ایک سردی تھی جو ہڈیوں تک اتر رہی تھی۔

جیسے ہی بہرام اپنی نوکری سے فارغ ہو کر باہر نکلا،

ایک سیاہ گاڑی اس کے سامنے آ کر رک گئی۔

دروازہ کھلا۔

کوئی آواز نہیں، کوئی شور نہیں۔

بس ایک سرد اشارہ۔

بہرام کا دل دھک سے رہ گیا۔

وہ جانتا تھا کہ یہ ہاشم ہے۔

اس نے کوشش کی کہ بھاگ جائے، مگر دو انجانے ہاتھوں نے اسے پکڑ لیا۔

گاڑی میں دھکیل دیا گیا۔

گاڑی کی رفتار جنونی تھی۔

شہر کی روشنیاں پیچھے چھوٹتی چلی گئیں۔

پہاڑی راستوں پر، جہاں روشنی بھی نہیں پہنچتی، گاڑی رک گئی۔

بہرام کو گاڑی سے باہر پھینک دیا گیا۔

وہ گرا، گھٹنوں کے بل۔

گرد اڑی۔

اس کے سامنے صرف ہاشم کھڑا تھا۔

ہاشم نے جیب سے لائٹر نکالا۔

سگریٹ جلایا۔

ایک لمبا کش لیا۔

دھواں براہ راست بہرام کے خوفزدہ چہرے پر چھوڑا۔

بہرام (کانپتی آواز میں):

"کون... کون ہو تم؟"

ہاشم نے ایک لمحہ خاموش رہا۔

پھر آواز میں ایک ایسی سردی تھی جو ہوا کو بھی جماتی تھی۔

"میں وہی ہوں جسے تم اچھی طرح جانتے ہو۔"

"میں وہ ہوں جو جب تکلیف دیتا ہے تو عرش و فرش پناہ مانگتے ہیں۔"

"میں وہ ہوں جس کا نام لیتے ہی تمہارا جسم کانپ اٹھتا ہے۔"

"میں ہاشم ولد حشام ہوں... اور آج سے ہاشم ہخمانشی مر چکا ہے۔"

"تم نے جو کیا ہے، وہ محض ایک غلطی نہیں... وہ ایک جنایت ہے۔"

"تم نے ایک شیر کے دل کو چھین لیا... اور اب وہ شیر مرنے کے بجائے ولن بن رہا ہے۔"

بہرام کی آنکھیں پھیل گئیں۔

وہ پیچھے ہٹنا چاہتا تھا، مگر پاؤں جم گئے تھے۔

ہاشم نے سگریٹ کا ایک اور کش لیا۔

خلا میں دیکھتے ہوئے بولا:

"تمہیں پتا ہے بہرام... اس درد کی راہ پر میں آخری بار اپنے باپ کی موت کے وقت چلا تھا۔"

"آج دوسری بار تم نے مجھے اسی راہ پر لا کھڑا کیا ہے۔"

"لوگ کہتے ہیں سمجھوتا کر لو... پر آج کے بعد میری لغت سے 'سمجھوتا' کا لفظ مٹ گیا ہے۔"

"اب میرے اصول ختم ہو گئے ہیں۔"

"اب میری زندگی میں صرف ایک اصول ہے... جو مجھے چھیڑے گا، وہ زندہ نہیں رہے گا۔"

"محبت نے مجھے کمزور بنایا تھا... اب نفرت مجھے طاقتور بنائے گی۔"

"تم نے مجھے سکھایا ہے کہ دل رکھنے والا انسان کبھی جیت نہیں سکتا... جیتنے والا وہ ہے جس کا دل پتھر کا ہو۔"

"اور آج سے میرا دل پتھر ہے۔"

ہاشم اچانک بہرام کے قریب جھکا۔

اس کی آنکھوں میں وحشت تھی۔

آواز میں ایک ایسی شدت تھی جو ہوا کو کاٹ رہی تھی۔

"سن اے بہرام!"

"تو کون ہے؟"

"کس حساب سے تو مجھ سے بہتر ہے؟"

"جواب نہ دے... میں خود دیتا ہوں۔"

"تو کسی بھی لحاظ سے میرے جوتے کی خاک کے برابر بھی نہیں ہے۔"

"میں مستقبل ہوں... اور تو؟ تیرا نہ کوئی حال ہے، نہ ماضی۔"

"اگر تجھے لگتا ہے کہ تو مستقبل ہے، تو اس خوش فہمی کو وہیں دفن کر دے جہاں تو کھڑا ہے۔"

"تم نے میری محبت کو چھینا... مگر تم نے یہ نہیں سوچا کہ جو چیز چھین لی جائے، وہ واپس لے لی جاتی ہے۔"

"مگر میں واپس نہیں لوں گا... میں سب کچھ تباہ کر دوں گا۔"

"تم نے مجھے سکھایا ہے کہ محبت ایک کمزوری ہے... اب میں تمہیں یہ سکھاؤں گا کہ نفرت ایک طاقت ہے۔"

بہرام کی زبان گنگ تھی۔

وہ سانس بھی بھول گیا تھا۔

ہاشم نے حقارت سے اس کی طرف دیکھا۔

آواز میں ایک گہری نفرت تھی۔

"بیٹا بہرام... سن!"

"میں ایسا خود غرض بندہ ہوں جسے جہاں فتح نظر آتی ہے، وہاں فتح کرتا ہے۔"

"تم تو میرے سامنے ایک چھپکلی سے بھی کمزور ہو۔"

"پیر تلے مسل کر تمہیں مار سکتا ہوں... مگر تمہیں پتا ہے؟"

"تمہیں میں مارنے کی نیت سے نہیں لایا۔"

"تمہیں یہ احساس دلانے کی نیت سے لایا ہوں کہ تم کتنے حقیر، کتنے مسکین ہو میرے سامنے۔"

"میں چاہوں تو تیرے منہ پر تھوک کر ویڈیو بنا لوں... پر میں تیرے جیسی گھٹیا چیز پر اپنا وقت برباد نہیں کروں گا۔"

"بس ایک بات کان کھول کر سن لے!"

"اگر واقعی زندہ رہنا چاہتا ہے تو باکو میں نظر نہ آنا۔"

"ورنہ میں تجھے اتنی ذہنی اذیت دوں گا کہ تو خود اپنے وجود پر بوجھ بن جائے گا۔"

"تیرے خواب بھی تیرے خلاف گواہی دیں گے۔"

"تیرے ہر سانس میں میرا خوف بس جائے گا۔"

"تمہاری ہر مسکراہٹ میرے نام سے کانپ اٹھے گی۔"

بہرام ہاتھ جوڑ کر بیٹھ گیا۔

اس کی آنکھوں میں موت کا خوف تھا۔

ہاشم نے آخری جملہ بولا، جو اس کی نئی شخصیت کا اعلان تھا:

"میسا... پتا ہے کیا تھی میری؟"

"وہ میری جان تھی... میری میراث تھی... میرا سب کچھ تھی۔"

"اور تم نے اسے چھین لیا۔"

"خیر... دفع ہو اب!"

"مجھے اپنی گاڑی بدلنی پڑے گی کیونکہ تیرے جیسے ناپاک شخص نے میری سیٹ پر تشریف رکھی ہے۔"

"سوچ... اگر تیرے بیٹھنے سے میں گاڑی بدل رہا ہوں، تو تو کتنا نیچ اور گھٹیا ہوگا۔"

"تیرے وجود نے باکو کی ہوا کو گندا کر دیا ہے۔"

"مجھے تو لگتا ہے تیری رخصتی کے بعد باکو کی ہر اینٹ کو آبِ زم زم سے دھو کر بنیاد رکھنی پڑے گی۔"

"میری پرچھائی سے بھی دور رہنا اب!"

"میں نے میسا سے کہا تھا کہ مجھے ولن بننا پسند ہے۔"

"جب تک ولن زندہ رہتا ہے، کہانی جاری رہتی ہے۔"

"ولن ختم تو کہانی ختم۔"

"آج ہاشم بخمانشی کے اندر ایک ولن پیدا ہو چکا ہے۔"

"اور یہ ولن اب کبھی نہیں مرے گا۔"

"یہ ولن اب تمہاری زندگی کا سب سے بڑا سایہ بنے گا... اور میسا کی زندگی کا سب سے بڑا پچھتاوا۔"

ہاشم نے سگریٹ زمین پر پھینکا۔

اسے جوتے تلے کچلا۔

گاڑی کی طرف بڑھا۔

پیچھے مڑ کر آخری نظر ڈالی۔

"اب سے تمہارا نام بھی نہیں لوں گا... کیونکہ تم میرے لیے وجود ہی نہیں رہے۔"

"تم ایک سبق ہو... اور سبق یاد رکھنے کے لیے زندہ رہنا ضروری نہیں ہوتا۔"

ہاشم نے گاڑی سٹارٹ کی۔

بہرام کو وہیں سڑک پر لاوارث چھوڑ کر چلا گیا۔

بہرام اب کبھی باکو کی ہواؤں میں سانس لینے کی ہمت نہیں کرے گا۔

اور میسا؟

میسا کے لیے اب ہاشم وہ شخص نہیں رہا تھا جو اس کے آنسو پونچھتا تھا۔

اب وہ اس کی زندگی کا سب سے ہولناک پچھتاوا بننے والا تھا

ہاشم جاتے ہوے گاڑی میں:-

میں انتقام نہیں لیتا، میں انجام لکھتا ہوں؛"

"اور انجام ہمیشہ خاموشی سے شروع ہو کر خوف پر ختم ہوتا ہے۔

Chapter 42

شطرنج کی بساط اور عزت کا جنازہ

Figure 42.1

باکو کی وہ رات گہری اور بے چین تھی۔

بحیرۂ کیسپین کی لہریں بھی جیسے رک گئی تھیں۔

ہوا میں ایک ایسی سردی تھی جو ہڈیوں تک اتر رہی تھی۔

ہخمانشی اور میخانچی—دو قدیم قبائل جن کی دشمنی باکو کی پرانی گلیوں،

شعلہ میناروں کی روشنیوں اور

قدیم شہر کی دیواروں میں صدیوں سے سلگ رہی تھی۔

یہ دشمنی کبھی تلواروں سے لڑی جاتی تھی، کبھی غیرت کے نام پر، کبھی خاموش نفرت سے۔

مگر آج یہ دشمنی محض قبائلی نہیں رہی تھی... یہ ذاتی ہو چکی تھی۔

ایک لڑکی نے ہخمانشی کے دل کو توڑا تھا... اور اب ہاشم ولد حشام اس کے قبیلے کی عزت کا جنازہ اٹھانے والا تھا۔

ہاشم نے خاموشی توڑنے کا فیصلہ کیا۔

اس نے ایک وفادار دوست کو فون کیا جو استنبول میں مقیم تھا، مگر باکو کے رابطوں کا جال اب بھی اس کے ہاتھ میں تھا۔

"بھائی... مجھے ایک چال چلنی ہے۔"

میخانچیوں کے کانوں میں یہ بات پہنچا دو کہ ان کی بہن میسا نے ہخمانشی خاندان" "کے نام اور میراث پر طنز کیا ہے۔

یہ بات ان کے غیرت اور خاندانی عزت کے نام پر لگاؤ... کہ میسا نے ہخمانشیوں کو" "پرانا، بے وقعت اور زوال پذیر کہا ہے۔

یہ بات اب پورے باکو کے قبائلی حلقوں میں پھیل رہی ہے... اور اگر وہ غیرت مند"
"ہیں تو اسے روکیں، ورنہ ہخمانشی قبیلہ اپنی میراث کی توہین برداشت نہیں کرے گا۔

دوست نے فوراً کام شروع کر دیا۔

میسا کے بھائیوں تک یہ افواہ پہنچی کہ:

"آپ کی بہن میسا نے ہخمانشی خاندان کی میراث اور بزرگوں پر طنز کیا ہے۔"

اس نے کہا ہے کہ ہخمانشیوں کی میراث تو بس ایک پرانی کہانی ہے، اب وہ بے وقعت"
اور زوال پذیر ہو چکے ہیں... اور یہ بات اب قدیم شہر کے بازاروں سے لے کر نظامی
"شاہراہ تک پھیل رہی ہے۔

اگر آپ غیرت مند ہو تو اسے روکو، ورنہ ہخمانشی قبیلہ اپنی میراث کی توہین کا بدلہ"
"لے گا... اور باکو جانتا ہے کہ ہخمانشی میراث کے نام پر کیا کر سکتے ہیں۔

یہ بات جیسے ہی میخانچی بھائیوں تک پہنچی، ان کے تن بدن میں آگ لگ گئی۔

میخانچی غیرت کے نام پر جان لڑانے والے تھے۔

انہوں نے میسا کو گھر بلایا۔

سختی سے پوچھا:

"یہ کیا بکواس ہے؟"

"تم نے ہخمانشیوں کی میراث اور بزرگوں پر طنز کیا ہے؟"

"تم نے کہا ہے کہ وہ بے وقعت اور زوال پذیر ہیں؟"

"یہ بات اگر سچ ہے تو ہمارے قبیلے کی عزت مٹی میں مل گئی!"

"باکو میں ہماری ناک کٹ گئی ہے!"

میسا بدحواس ہو گئی۔

اس نے پہلے انکار کیا، مگر بھائیوں کی آنکھوں میں غصہ دیکھ کر وہ گھبرا گئی۔

اس نے ہاشم کا نام لے لیا—جیسے وہ اسے ذمہ دار ٹھہرا کر اپنی جان بچا سکتی ہو۔

"یہ سب ہاشم کا کیا دھرا ہے... وہ مجھ سے بدلہ لے رہا ہے!"

بھائیوں نے فوراً ہاشم کو فون کیا۔

آواز میں دھمکی تھی:

"ہاشم! تم نے ہماری بہن کے ذریعے بخمانشی میراث اور بزرگوں پر طنز کروایا ہے؟"

"یہ بات اگر پورے باکو میں پھیل گئی تو ہم تمہارے قبیلے کی میراث کا جنازہ نکالیں گے!"

"فوراً یہ افواہ روکو، ورنہ ہم جانتے ہیں کہ غیرت اور میراث کی جنگ کیسے لڑی جاتی ہے۔"

"ہم میخانچی ہیں... ہم میراث اور غیرت کے لیے جان دے دیتے ہیں!"

ہاشم کے دوست نے اسے فون کر کے بتایا:

"ہاشم! تمہارا نام آ گیا ہے۔"

وہ تم پر الزام لگا رہے ہیں کہ تم نے ان کی بہن کے ذریعے ہخمانشی میراث پر طنز"
"کروایا ہے۔

ہاشم کے لبوں پر ایک زہریلی مسکراہٹ آئی۔

"اچھا... تو اب میری باری ہے کھیل کھیلنے کی۔"

میخانچیوں نے سوچا تھا کہ میراث اور غیرت صرف ان کی ہے... آج میں انہیں بتاؤں"
"گا کہ ہخمانشی میراث کے نام پر کیا کیا جا سکتا ہے۔

اس نے امیر اور ارزان کو بلایا۔

امیر:

"ہاشم... یہ کیا معاملہ ہے؟"

ہاشم:

"بس امیر... ایک کم ظرف نے اپنی کم ظرفی کا مظاہرہ کر دیا ہے۔"

"میسا نے اپنی غلطی چھپانے کے لیے میرا نام استعمال کیا ہے۔"

اب اسے اور اس کے قبیلے کو پتا چلے گا کہ ہاشم ولد حشام سے ٹکرانے کا انجام کیا"
"ہوتا ہے۔

"میخانچیوں نے ہماری میراث پر طنز کیا ہے... آج ہم ان کی عزت کا جنازہ نکالیں گے۔"

ہاشم نے میسا کے بھائیوں کو باکو کے ایک معروف ہوٹل، شیش محل، میں ملاقات کے لیے بلایا۔

یہ ہوٹل بحیرۂ کیسپین کے ساحلی راستے کے قریب تھا، جہاں شعلہ میناروں کی روشنیاں رات کو جھلملا رہی تھیں۔

میخانچی بھائی اس ارادے سے آئے تھے کہ وہ ہاشم کی پٹائی کریں گے اور اسے نیچا دکھائیں گے۔

مگر ہاشم نے اپنے وفادار آدمیوں کو پہلے ہی ہوٹل کے اردگرد خاموشی سے تعینات کر دیا تھا۔

جیسے ہی وہ بھائی ہوٹل کے ہال میں داخل ہوئے،

ہاشم نے ایک پرسکون انداز میں ہاتھ اٹھایا۔

"یہاں بیٹھا ہوں!"

وہ غصے میں ہاشم کی میز پر آ کر بیٹھے۔

"ہاشم! تم نے ہماری بہن کے ذریعے بخمانشی میراث پر طنز کروایا ہے؟"

"یہ بات اگر پورے باکو میں پھیل گئی تو ہم تمہارے قبیلے کی میراث مٹی میں ملا دیں گے!"

ہاشم نے نہایت سکون سے سگریٹ سلگایا۔

ایک لمبا کش لیا۔

دھواں چھوڑتے ہوئے بولا:

"کیا ہاشم اتنا نیچ لگتا ہے آپ کو؟"

پھر اس نے بغیر کسی لگی لپٹی کے بہرام کا پورا قصہ ان کے سامنے رکھ دیا۔

بہرام کی اصلیت، اس کی کم ظرفی، میسا کی اس کے ساتھ تصاویر، لاکٹ کی تبدیلی کی حقیقت—سب کچھ۔

اور سب سے بڑھ کر، میسا کے وہ الفاظ جو اس نے ہاشم کے بارے میں کہے تھے:

"تم مر جاؤ... تم زہریلے سانپ ہو... تمہاری وجہ سے میری زندگی برباد ہو رہی ہے۔"

میخانچی بھائیوں کے سر شرم سے جھک گئے۔

ہاشم کی آواز میں ایک کرب تھا، مگر وہ کرب اب نفرت میں بدل چکا تھا۔

"میں نے آپ کی بہن کو وہ عزت دی جو ایک غیرت مند مرد اپنے گھر کی عورت کو دیتا ہے۔"

"میں نے کبھی اس تعلق کا ڈھنڈورا نہیں پیٹا۔"

"پر اس نے کیا کیا؟"

"ایک ایسے دو نمبر شخص کے لیے جس کی کوئی اوقات نہیں، اس نے مجھے دھمکی دی کہ وہ میری عزت خراب کرے گی؟"

"اس نے مجھے کہا تھا کہ تم مر جاؤ، کسی گاڑی کے نیچے آ جاؤ، تم زہریلے سانپ ہو..."

"میرا قصور کیا تھا؟"

"بس یہ کہ میں نے اسے اپنی میراث سمجھ کر عزت بخشی تھی؟"

"میں نے اسے اپنا دل دیا تھا... اور اس نے میرے دل کو پامال کر کے میخانچی غیرت کا نام لیا۔"

میسا کا دوسرا بھائی چیخا:

"پر ہاشم! تم نے بھی تو کہا تھا کہ تم اس کے مستقبل کو خواب خراب کر دو گے؟"

ہاشم ایک لمحہ رکا۔

پھر آہستہ سے بولا:

"پہلی بات... میں نے کبھی ایسے گھٹیا الفاظ استعمال نہیں کیے۔"

"اور اگر کیے بھی ہوتے، تو اس کے لگائے ہوئے زخموں کے مقابلے میں میرے الفاظ کی کوئی حیثیت نہیں۔"

"یہ لیجیے میرا فون... جو ثبوت ہے دیکھ لیں، جتنا چاہیں دیکھ لیں۔"

"لیکن ایک بات یاد رکھیے گا..."

"اگر میں نے اس معاملے کو بڑھایا ہوتا تو میری اپنی عزت خاک میں مل جاتی۔"

"میں ہخمانشی ہوں... ہم عزت اور میراث کے نام پر جان دے دیتے ہیں، مگر انہیں کبھی بیچتے نہیں۔"

"اب جا کر اپنی بہن سے کہیے کہ میری جو بھی بات اس نے کی ہے، اس کا جواب دے۔"

"آج اس معاملے کا ہم یہیں خاتمہ کرتے ہیں۔"

"ہخمانشی اور میخانچی کی دشمنی شاید کبھی ختم نہ ہو..."

"مگر آج سے میری اور آپ کی بہن کی کہانی ختم ہو گئی ہے۔"

"میسا نے ہخمانشی میراث پر طنز کیا تھا... آج میں نے میخانچی عزت کا جنازہ نکال دیا ہے۔"

میخانچی بھائی بے بسی اور شرمندگی کی تصویر بنے بیٹھے تھے۔

انہیں سمجھ آ گیا تھا کہ ہاشم، ہاشم ہے۔

اور میسا نے ایک ہیرے کو چھوڑ کر کوئلے کا انتخاب کیا تھا۔

ہاشم وہاں سے اٹھا۔

اپنا کوٹ سنبھالا۔

بغیر پیچھے مڑے باہر نکل گیا۔

ہاشم دل ہی دل میں:-

"جو شخص محبت کو زندگی کا مقصد بنا لے،

وہ انجام کو قسمت پر چھوڑ دیتا ہے۔

اور جو مقصد کو زندگی بنا لے،

وہ محبت کو بھی اپنی حد میں رکھتا ہے۔

میں عشق کے نام پر خود کو کمزور نہیں کرتا،

میں مقصد کے نام پر خود کو فولاد بناتا ہوں۔

باہر بحیرۂ کیسپین کی ہوا اس کے چہرے سے ٹکرا رہی تھی۔

شعلہ میناروں کی روشنیاں جھلملا رہی تھیں۔

مگر اس کے دل میں اب کوئی روشنی نہیں تھی۔

بس ایک خالی پن تھا...

اور ایک عزم کہ اب سے کوئی بھی اس کی میراث اور عزت پر انگلی نہیں اٹھا سکے گا۔

Chapter 43

الزام، رسوائی اور ٹوٹا ہوا مان

Figure 43.1

نومبر کا دوسرا عشرہ تھا۔

باکو کی فضا سرد اور بوجھل ہو چکی تھی۔

بحرِ قزوین سے اٹھتی نم آلود ہوا دل کی گہرائیوں تک اترتی محسوس ہوتی تھی۔

قدیم شہر کی تنگ گلیوں میں چائے کے دھوئیں کے ساتھ ساتھ

قبائلی سرگوشیوں کا ایک نیا سلسلہ جنم لے چکا تھا۔

ہاشم نے دل ہی دل میں یہ گمان کیا تھا

کہ شاید میسا کی تمام تلخیاں محض ایک غلط فہمی کا نتیجہ ہوں۔

شاید وہ پچھتاوے کی آگ میں جل رہی ہو۔

اسی امید پر اس نے اپنے بڑے بھائی ایلدار کے ذریعے

میسا کے گھر باقاعدہ اور معزز انداز میں رشتہ بھجوا دیا۔

یہ کوئی عام رشتہ نہ تھا۔

یہ خاندانی روایات کے عین مطابق

براہِ راست بخمانشی حویلی سے میخانچیوں کے گھر بھیجا گیا تھا۔

—اس کے ساتھ حشام بخمانشی کی ایک پرانی تصویر بھی تھی

گویا ہاشم یہ کہہ رہا ہو:

“میں اپنے باپ کی میراث ہوں،

اور میں تمہیں وہ عزت دوں گا

"جو میرے باپ نے کبھی کسی کو دی تھی۔

مگر جب یہ پیغام میسا تک پہنچا

تو پچھتاوے کے بجائے اس کی زبان سے زہر ٹپکنے لگا۔

اس کے الفاظ میخانچی حویلی کی دیواروں سے ٹکرائے

اور پھر ہخمانشی حویلی تک جا پہنچے:

"میں ہاشم جیسے گھٹیا اور نیچ انسان سے کبھی شادی نہیں کروں گی!"

"میں تو اسے صرف ایک خاندانی لڑکا سمجھ کر عزت دیتی تھی،

"مگر یہ تو میرے گلے ہی پڑ گیا ہے!"

"ایسے کم ظرف انسان سے بات کر کے

"میں نے اپنی زندگی کی سب سے بڑی غلطی کی!"

جب یہ الفاظ بانو ہخمانشی کے کانوں تک پہنچے

تو ان کا کلیجہ منہ کو آ گیا۔

وہ اپنے کمرے میں بیٹھ گئیں۔

آنکھوں سے آنسو بہتے رہے۔

انہوں نے ہاشم کو بلایا۔

آواز کانپ رہی تھی:

"بیٹا... دیکھ لو ان میخانچیوں کی اوقات۔

خاص طور پر تمہاری اس میسا نے تمہارے لیے یہ الفاظ کہے ہیں

کہ تم ایک گھٹیا اور نیچ انسان ہو۔

میں نے سوچا تھا شاید وہ پچھتائے گی...

مگر اس نے تمہاری عزت کو روند ڈالا۔

میرے بیٹے...

تم نے اسے اپنی میراث سمجھا تھا،

اور اس نے تمہیں گالیوں کے لائق سمجھا۔"

ہاشم خاموش کھڑا رہا۔

اس کے ہونٹوں پر ایک تلخ مسکراہٹ ابھری۔

"اچھا... تو بس یہی تعلق تھا ہمارا؟"

اس نے میسا کے بھائیوں کو پیغام بھجوایا:

کیا تمہاری بہن اب مکر رہی ہے؟“

کیا عزت کے ساتھ رشتے کی بات کرنا گناہ ہے؟

”میں نے تو صرف اپنے باپ کی میراث کی حفاظت چاہی تھی۔

جواب میں میخانچی بھائیوں نے دھمکی دی:

“ہم تمہارا رشتہ قبول نہیں کرتے،

اور اگر تم نے ہماری بہن پر کوئی الزام لگایا

تو ہم تمہارے خاندان کی عزت کو

”باکو کی گلیوں میں اچھال دیں گے۔

ذہنی دباؤ اور گھر والوں کے رویّے سے تنگ آ کر

میسا دو دن کے لیے گھر سے غائب ہو گئی۔

میخانچیوں نے اپنی پرانی روایت کے مطابق

اس کا الزام ہخمانشیوں پر دھر دیا۔

باقاعدہ اعلانِ جنگ کر دیا گیا۔

قبائلی لوگوں کو جمع کیا گیا اور کہا گیا:

“ہاشم نے ہماری بہن کو اغوا کیا ہے!”

“ہخمانشیوں نے ہماری عزت پر ہاتھ ڈالا ہے!”

یہ خبر پورے باکو میں پھیل گئی۔

بازاروں، قہوہ خانوں اور قبائلی مجلسوں میں

سرگوشیاں ہونے لگیں:

“کیا واقعی ہاشم نے میسا کو اغوا کر لیا ہے؟”

“میخانچیوں کی عزت پامال ہو گئی ہے!”

ادھر ہخمانشی خاندان پُرسکون تھا۔

وہ سچ جانتے تھے۔

امیر، ارزان، مراد اور جہانگیر سب افسردہ تھے۔

وہ ہاشم کے اس نئے روپ سے خوف زدہ تھے—

وہ نہ رو رہا تھا، نہ لڑ رہا تھا،

بس خاموشی سے اپنی تباہی کو دیکھ رہا تھا۔

اسی دوران شاہان کے موبائل پر ایک فون آیا۔

فون کرنے والا باکو کی ایک سرکاری عدالت میں افسر تھا۔

شاہان! یہ میسا میخانچی کون ہے؟“

اس نے ہاشم پر اغوا، دھمکی اور عزت کی پامالی جیسے

”سنگین الزامات کیوں لگائے ہیں؟

شاہان نے فون اپنے بڑے بھائی ایلمار کو دے دیا۔

ایلمار نے قانونی انداز میں بات سنبھالی۔

جب ہاشم کو ان الزامات کا علم ہوا

—تو وہ ہنس پڑا

ایسی ہنسی جس میں درد چیخ رہا تھا۔

خیر... ان کم ظرفوں کے الزامات“

”تو خود ہی جھوٹ ثابت ہونے تھے۔

مگر اندر سے وہ ٹوٹ چکا تھا۔

جس لڑکی کے لیے وہ زمانے سے لڑ گیا تھا،

وہی اسے مجرم بنا کر پیش کر رہی تھی۔

معاملہ شہر کی عدالت تک پہنچا۔

میسا نے خود کو مظلوم اور ہاشم کو ظالم ثابت کرنے کی کوشش کی۔

تحفظ کی درخواست دی گئی۔

سماعت کے دن ہاشم عدالت میں پیش نہ ہوا۔

بخمانشی نام ہی وہاں کافی تھا۔

جج، مرحوم حشام بخمانشی کے قدردان تھے۔

فائل میں نام دیکھ کر

انہوں نے احتراماً اسے ایک طرف رکھ دیا۔

پھر میسا سے کہا:

“بیٹی، جن لوگوں پر تم الزام لگا رہی ہو

ان کی نسلوں نے اس شہر کو انصاف دیا ہے۔

تمہارے گھر کی آپسی ان بن کی وجہ سے

تم نے گھر چھوڑا،

اس میں ہاشم کا کوئی قصور نہیں۔

”جاؤ، اپنے گھر واپس جاؤ۔

عدالت نے الزامات کو بے بنیاد قرار دے کر خارج کر دیا۔

مگر اس سارے معاملے میں

ہاشم کا نام بری طرح داغدار ہو چکا تھا۔

بانو بخمانشی صدمے میں تھیں۔

ایلدار، ایلمار اور ایلخان شرمندہ کھڑے تھے۔

ہاشم کو سب سے زیادہ تکلیف

اس بات کی تھی

کہ اس کے سبب اس کے عظیم والد کا نام

ان نیچ زبانوں پر آیا۔

دوستوں نے اسے بہت سنبھالا،

مگر ہاشم بدل چکا تھا۔

وہ سب کے درمیان ہوتے ہوئے بھی

اکیلا ہو گیا تھا۔

وہ ہاشم، جو کبھی محفلوں کی جان تھا،

اب ایک مستانہ بن چکا تھا—

ایسا شخص

جس کا دنیا سے اعتبار اٹھ چکا تھا۔

راتوں کو وہ بالکونی میں کھڑا

بحرِ قزوین کی طرف دیکھتا

اور دل میں ایک ہی جملہ گونجتا:

"میں نے تمہیں اپنی میراث سمجھا تھا...

اور تم نے مجھے مجرم بنا دیا۔"

وہ خاموش تھا،

مگر اس خاموشی میں

ایک طوفان پل رہا تھا۔

ہاشم کا قول:

“محبت اگر انسان کو کمزور کر دے

تو وہ عبادت نہیں، آزمائش ہوتی ہے۔

میں نے دل ہارا ہے،

مگر مقصد نہیں۔”

Chapter 44

خاموش فیصلے اور ٹوٹتی دیواریں

Figure 44.1

الزامات کے اگلے دن

ہخمانشی حویلی میں ایک ایسی غیر معمولی خاموشی چھائی ہوئی تھی

جو دیواروں، ستونوں اور فضا میں بوجھ بن کر ٹھہر گئی تھی۔

یہ وہ خاموشی نہیں تھی

جو سکون اور اطمینان کے بعد دل کو راحت دیتی ہے،

یہ وہ خاموشی تھی

جو طوفان سے پہلے

ہر سانس کو خوف میں جکڑ لیتی ہے۔

ہاشم اس دن صبح بہت سویرے جاگ گیا تھا،

نہ کسی نے اسے آواز دی تھی

اور نہ ہی اس نے کسی کو بلانے کی ضرورت سمجھی۔

وہ آہستہ آہستہ قدم اٹھاتا

حویلی کے اس صحن میں آ کھڑا ہوا

جہاں اس نے اپنے بچپن کی بے شمار روشن صبحیں

اپنے والد کے ساتھ گزاری تھیں۔

وہی پرانے ستون تھے،

وہی خاموش دیواریں موجود تھیں،

مگر آج

ہر شے اسے اجنبی، سرد اور بے جان محسوس ہو رہی تھی۔

خاندان کی نظریں

ناشتہ گاہ میں

ایلدار، ایلمار اور ایلخان ایک دوسرے سے نظریں چرائے

خاموشی کے بوجھ تلے بیٹھے ہوئے تھے۔

کسی کی آنکھوں میں دبے ہوئے سوال تیر رہے تھے،

کسی کی پیشانی پر گہری فکریں جمی تھیں،

اور کسی کے لبوں پر

وہ جملے تھے

جو کہے بغیر ہی دل توڑ دیتے ہیں۔

بانو ہخمانشی نے

ہاشم کی طرف دیکھا،

مگر ایک ماں ہونے کے باوجود

وہ نظریں اٹھانے کی ہمت نہ کر سکیں۔

وہ ماں تھیں،

لیکن آج

ماں ہونے کا حق

بے بسی اور شرمندگی میں قید ہو چکا تھا۔

ہاشم نے سب کے چہروں کو غور سے دیکھا،

مگر اس کے لبوں سے

ایک لفظ بھی ادا نہ ہو سکا۔

اس کی خاموشی

اس دن الفاظ سے کہیں زیادہ بھاری اور اذیت ناک تھی۔

پہلا اندرونی زخم

دوپہر کے قریب

ہاشم نے خود کو اپنے کمرے میں بند کر لیا،

جیسے دنیا سے چند لمحوں کے لیے کٹ جانا چاہتا ہو۔

سامنے دیوار پر

حشام بخمانشی کی تصویر لگی ہوئی تھی،

وہی باوقار چہرہ

اور وہی گہری، سوال کرتی نگاہ۔

ہاشم دیر تک

اس تصویر کو خاموشی سے دیکھتا رہا،

جیسے جواب انہی آنکھوں میں چھپا ہو۔

پھر اس نے بہت آہستہ آواز میں کہا:

"ابا...

اگر میں آج خاموش رہوں

تو کیا دنیا اسے میری کمزوری سمجھے گی؟"

کمرے میں

کوئی جواب نہ آیا،

صرف خاموشی

اور اس خاموشی کی گونج باقی رہ گئی۔

اور اسی لمحے

ہاشم نے سیکھ لیا

کہ ہر سوال کا جواب

ہمیشہ آواز نہیں مانگتا۔

شہر کا رویّہ

شام ڈھلے

یہ خبر ہخمانشی حویلی سے نکل کر

پورے باکو کی فضا میں پھیل چکی تھی۔

کچھ لوگ ہمدردی کے نام پر افسوس جتا رہے تھے،

کچھ شک اور بدگمانی میں مبتلا تھے،

اور کچھ ایسے بھی تھے

جو دل ہی دل میں

فیصلہ سنا چکے تھے۔

چہرے وہی پرانے تھے

جو کل تک مسکراتے تھے،

مگر آج

ان کی نظریں بدل چکی تھیں۔

وہی شہر

جو کل تک ہاشم کے نام پر

دروازے کھول دیتا تھا،

آج

خاموشی سے راستہ بدل رہا تھا۔

دوستوں کی بے بسی

امیر اور ارزان

شام کے وقت اس سے ملنے حویلی آئے،

دل میں بہت کچھ کہنے کا حوصلہ لیے۔

وہ اسے سمجھانا چاہتے تھے،

اس کا دکھ بانٹنا چاہتے تھے،

مگر ہاشم

ان کی باتوں سے کہیں بہت دور جا چکا تھا۔

ارزان نے بڑی ہمت جمع کر کے کہا:

"بھائی...

سب وقت کے ساتھ ٹھیک ہو جائے گا۔"

ہاشم نے بس سر ہلا دیا،

مگر اس کی آنکھوں میں

یقین کا کوئی نشان موجود نہ تھا۔

وہ اب جان چکا تھا

کہ کچھ زخم

وقت سے نہیں،

بلکہ گہری سمجھ سے بھرتے ہیں۔

خاموش فیصلہ

رات کے پچھلے پہر

،جب پورا گھر نیند کی آغوش میں تھا

ہاشم دوبارہ بالکونی میں آ کھڑا ہوا۔

نیچے شہر

مدھم روشنیوں میں

خاموش سانس لے رہا تھا۔

اس نے آسمان کی طرف دیکھا

:اور دل ہی دل میں خود سے کہا

"...میں لڑوں گا

مگر ابھی نہیں۔

...میں بولوں گا

"مگر شور کے ساتھ نہیں۔

اسی رات

ہاشم نے فیصلہ کر لیا

کہ وہ اپنی خاموشی کو

اپنا سب سے خطرناک ہتھیار بنائے گا۔

اختتام

یہ وہ رات تھی

جب ہاشم ظاہری طور پر

—خاموش ہو گیا تھا

مگر اس کے اندر

کچھ ایسا جنم لے رہا تھا

جو الزام، بہتان اور نفرت سے نہیں ٹوٹتا۔

یہ حصہ

شکست کا نہیں تھا،

یہ

ایک بڑے طوفان کی تیاری کا آغاز تھا۔

ہاشم کہ الفاظ

"میں عشق کے نام پر خود کو توڑنے والوں میں سے نہیں ہوں۔

میں وہ شخص ہوں جو زخم کھا کر مقصد تراشتا ہے۔

خاموشی میری کمزوری نہیں، اب میری حکمتِ عملی ہے۔"

Chapter 45

وہ سال جو کسی نے نہیں دیکھا

Figure 45.1

الزامات کے سائے میں

جب میسا نے الزامات لگائے،

تب ہاشم کی زندگی اپنے سب سے نازک اور فیصلہ کن موڑ پر کھڑی تھی۔

قانون کی تعلیم تقریباً مکمل ہو چکی تھی،

چند مہینے باقی تھے،

چند مہینے

اور وہ اس مقام پر پہنچنے والا تھا

جہاں لفظ،

قسم میں بدل جاتے ہیں۔

ہاشم نے ایک رات خود سے کہا:

“میں نے قانون انصاف کے لیے پڑھا تھا،

مگر آج خود انصاف کے کٹہرے میں کھڑا ہوں۔”

مگر الزام

کبھی وقت دیکھ کر نہیں آتے،

وہ بس آتے ہیں

اور سب کچھ الٹ دیتے ہیں۔

آخری مہینے

وہ دن

ہاشم کے لیے عجیب، بھاری اور بے چین تھے۔

وہ کلاس میں بیٹھا ہوتا،

سامنے قانون پڑھایا جا رہا ہوتا،

مگر اس کے اندر

ایک خاموش مقدمہ چل رہا ہوتا۔

استاد شقیں پڑھتے،

ہاشم ثبوت سوچتا،

کتاب دفعات بتاتی،

اور زندگی الزامات دہراتی۔

وہ زیرِ لب بڑبڑایا:

"قانون مجھے بولنا سکھا رہا ہے،

اور زندگی مجھے خاموش رہنا۔"

وہ ابھی وکیل نہیں بنا تھا،

مگر لوگوں کی نظر میں

وہ ملزم بن چکا تھا۔

اسی فرق نے

اسے اندر سے بدلنا شروع کر دیا۔

شہر سے اچانک غائب

پھر ایک دن

ہاشم باکو سے نکل گیا۔

نہ اس نے کسی کو بتایا،

نہ کسی نے روکنے کی کوشش کی۔

لوگوں نے کہا

وہ ٹوٹ گیا ہے،

کچھ نے کہا

وہ بھاگ گیا ہے۔

ہاشم نے شہر چھوڑتے ہوئے بس اتنا کہا:

“میں بھاگ نہیں رہا،

میں خود کو سمجھنے جا رہا ہوں۔”

وہ کہاں گیا،

یہ سوال آج بھی

باکو کی گلیوں میں زندہ ہے۔

بس اتنا معلوم ہے

کہ وہ شہر چھوڑ گیا تھا،

اور واپسی پر

وہ وہ شخص نہیں رہا

جو یہاں سے گیا تھا۔

وہ ایک سال

وہ ایک سال

کسی ایک جگہ کا نہیں تھا۔

کبھی وہ

خاموش ساحلوں کے قریب رہا،

کبھی ایسے شہروں میں

جہاں کوئی اس کا نام نہیں جانتا تھا۔

وہ سادہ کمروں میں رہتا،

کم بولتا،

مگر جب بولتا

تو خود سے بولتا۔

وہ اکثر کہتا:

"اگر میں خود کو سن نہ سکا،

تو کل کسی اور کو کیا انصاف دوں گا؟"

وہ قانون کی کتابیں ساتھ رکھتا تھا،

مگر وہ صرف کتابیں نہیں پڑھ رہا تھا،

وہ انسان پڑھ رہا تھا۔

قانون، مگر زندگی سے

وہ عدالتوں میں جاتا تھا،

مگر بطور تماشائی۔

وہ مقدمات سنتا،

چہرے دیکھتا،

اور فیصلوں کے بیچ

خاموش سچ تلاش کرتا۔

ایک دن اس نے خود سے کہا:

"قانون دفعات سے نہیں جیتتا،

”قانون انسان کو سمجھنے سے جیتتا ہے۔

وہ جان چکا تھا

کہ اصل علم

کاغذ پر نہیں،

دل پر لکھا جاتا ہے۔

آخری قدم

اسی سال کے اختتام پر

وہ واپس آیا۔

خاموش،

سادہ،

مگر اندر سے مضبوط۔

اس نے اپنی آخری قانونی آزمائش دی،

کوئی جشن نہیں،

کوئی اعلان نہیں۔

چند ہفتوں بعد

ایک کاغذ آیا۔

اس پر لکھا تھا:

ہاشم بخمانشی — وکیل

سن دو ہزار تئیس۔

ہاشم نے کاغذ دیکھا

اور بس اتنا کہا:

”یہ آغاز ہے، انجام نہیں۔“

واپسی

جب وہ باکو لوٹا

تو لوگوں نے محسوس کیا

کہ وہ بدل چکا ہے۔

وہ سوالوں سے نہیں گھبراتا تھا،

اور جواب دینے میں جلدی نہیں کرتا تھا۔

وہ کم مسکراتا تھا،

مگر جب کسی کی طرف دیکھتا

تو سامنے والا خاموش ہو جاتا تھا۔

کچھ نے کہا

وہ ٹوٹ کر آیا ہے،

کچھ نے کہا

وہ سرد ہو گیا ہے۔

ہاشم نے ایک دن کہا:

"میں ٹوٹا نہیں،

”میں سنبھل کر آیا ہوں۔

راز

آج بھی

کوئی نہیں جانتا:

وہ ایک سال کہاں رہا؟

کس نے اسے سکھایا؟

کس نے اسے توڑا؟

بس اتنا طے ہے

کہ وہ سال

ہاشم کو صرف وکیل نہیں—

فیصلہ بنے گیا۔

اختتام

وہ شہر چھوڑ کر

کمزور نہیں ہوا تھا،

وہ شہر چھوڑ کر

خطرناک ہو گیا تھا۔

اور جب وہ واپس آیا

تو اس کے پاس

صرف قانون نہیں تھا—

اس کے پاس

خاموشی، صبر

اور حساب تھا۔

ہاشم کہ دماغ میں جو الفاظ آئے

”میں نے خاموشی اس لیے نہیں اپنائی کہ میں کمزور تھا۔

میں نے خاموشی اس لیے چنی کہ وقت کو میرا جواب سننا تھا۔

اب جب میں بولوں گا، الزام نہیں، فیصلے گریں گے۔“

Chapter 46

کھنڈرات کا جائزہ اور ہاشم کے نئے اصول

Figure 46.1

باب: حساب کی ابتدا

باکو کی سڑکوں پر شام کی روشنی پھیل رہی تھی۔

آسمان پر بادل ہلکے ہلکے تیر رہے تھے،

جیسے شہر خود کسی آنے والے فیصلے کے بوجھ تلے سانس لے رہا ہو۔

اسی سڑک پر

ایک چمکتی ہوئی، سیاہ رنگ کی گاڑی

خاموشی سے بڑھتی ہوئی

میخانچیوں کی عالیشان حویلی کے عین سامنے آ کر رک گئی۔

گاڑی کا انجن بند ہوا،

مگر اندر بیٹھے دونوں افراد کے دلوں میں

کچھ بند نہیں ہو رہا تھا۔

ڈرائیونگ سیٹ پر ارزان تھا،

اس کے ہاتھ اسٹیئرنگ پر مضبوطی سے جمے ہوئے تھے،

مگر آنکھوں میں بے چینی صاف جھلک رہی تھی۔

وہ بار بار

ساتھ والی نشست پر بیٹھے ہاشم کی طرف دیکھتا،

جیسے کچھ کہنا چاہتا ہو

اور کچھ سننے سے ڈر رہا ہو۔

اور ہاشم؟

وہ کالی واسکٹ اور سفید قمیص میں

گاڑی کی کھڑکی سے باہر

میخانچیوں کی حویلی کو

اس طرح دیکھ رہا تھا

جیسے کوئی پرانا تاجر

ڈوبتے ہوئے بازار کا آخری حساب لگاتا ہے۔

اس کی نگاہوں میں نہ غصہ تھا،

نہ حسرت،

بلکہ ایک ٹھنڈا، نپا تلا تجزیہ تھا۔

دیواریں،

دروازے،

اندر کھڑی قیمتی گاڑیاں،

چوکیداروں کی تعداد،

روشنیوں کی ترتیب—

ہر چیز

اس کی آنکھوں میں

تولی جا رہی تھی۔

یہ دیکھنا نہیں تھا،

یہ ناپنا تھا۔

ارزان نے خاموشی توڑنے کی بہت کوشش کی،

مگر الفاظ گلے میں اٹک جاتے تھے۔

آخر اس نے ہمت کی

اور آہستہ سے بولا:

“ہاشم...

سچ سچ بتاؤ،

ہم یہاں میسا کو دیکھنے تو نہیں آئے؟

کہیں دل میں اب بھی کوئی کسک تو باقی نہیں؟”

چند لمحوں کے لیے

گاڑی کے اندر

صرف ہاشم کے سگریٹ کی چنگاری جلتی رہی۔

پھر ہاشم کے لبوں پر

ایک ایسی مسکراہٹ آئی

جس میں ہنسی بھی تھی

اور زہر بھی۔

اس نے سکون سے سگریٹ سلگایا،

کھڑکی سے نظریں ہٹائے بغیر بولا:

"ارے نہیں بھائی...

وہ دور تو کب کا ختم ہو چکا۔

میں تو بس یہ دیکھ رہا ہوں

کہ ان لوگوں کے پاس

میرے نقصان کا بدلہ دینے کے لیے

کیا کیا بچا ہے۔"

ارزان چونک کر سیدھا ہو گیا:

"نقصان؟

کون سا نقصان؟"

ہاشم نے آہستہ سے

حویلی کی طرف ٹھوڑی اٹھائی:

"وہی نقصان

جو الزام لگانے سے ہوتا ہے،

وہی نقصان

جو عزت اچھالنے سے ہوتا ہے،

اور وہی نقصان

جو راتوں کی نیند چھین لینے سے ہوتا ہے۔”

ارزان کی آنکھیں پھیل گئیں۔

“ہاشم!

کہیں تم واقعی پاگل تو نہیں ہو گئے؟”

ہاشم نے سر موڑا،

ارزان کو دیکھا،

اور ایسے بولا

جیسے یہ سوال

وہ برسوں سے سنتا آ رہا ہو:

“نہیں ارزان،

میں پاگل نہیں ہوا۔

میں تو برسوں بعد

پورے ہوش میں آیا ہوں۔”

پھر اس نے انگلیوں پر گنتی شروع کی:

“دیکھو...

ایک شاندار دفتر تو بنتا ہے نا،

آخر اب میں وکیل ہوں۔

اور یہ ہماری گاڑی؟

یہ اب میرے معیار کی توہین ہے۔

کم از کم ایک نئی،

چمکتی ہوئی سواری ہونی چاہیے۔”

ارزان نے دونوں ہاتھ سر پر رکھ لیے:

“یا اللہ!

یہ کیا بن گیا ہے میرا دوست؟

کل تک عشق میں مر رہا تھا،

آج جائیدادیں گن رہا ہے!”

ہاشم نے قہقہہ نہیں لگایا،

بس ہونٹوں پر ہلکی سی جنبش آئی۔

“بھائی...

جب محبت نہ ملے

تو کم از کم

اس کی قیمت تو وصول کرنی چاہیے۔”

ارزان نے بے بسی سے کہا:

“اگر ایلمار یا ایلخان کو پتا چل گیا

کہ تم میخانچیوں کے پیچھے پڑ گئے ہو

تو تمہاری خیر نہیں!”

ہاشم نے لمبا کش لیا۔

دھوئیں کے ساتھ

اس کی آنکھوں میں

اچانک وہی پرانا وقار لوٹ آیا

جو ہخمانشیوں کی پہچان تھا۔

اس نے ارزان کی طرف دیکھا

اور آہستہ، مگر ٹھہرے ہوئے لہجے میں کہا:

“ارزان،

ایک بات ہمیشہ یاد رکھنا—

ہاشم ہخمانشی

ایسی کسی جنگ میں داخل ہی نہیں ہوتا

جس میں ہار طے ہو،

اور ایسی کوئی جنگ

ادھوری چھوڑتا ہی نہیں

جس میں جیت لکھی ہو۔”

پھر اس نے میخانچی حویلی کی طرف اشارہ کیا:

“یہ لوگ سمجھ رہے ہوں گے

دو چار بڑے وکیل بلا لیں گے،

چند بیانات بدلوا لیں گے،

اور معاملہ دب جائے گا۔"

ہاشم کے لبوں پر

ہلکی سی مسکراہٹ ابھری:

"ان سے کہنا،

جس دن وہ وکیل بننے کا خواب دیکھ رہے تھے،

اس دن ہاشم

قانون کو اپنے زخموں پر مرہم بنا چکا تھا۔"

ارزان نے آہستہ سے پوچھا:

"تو یہ قبیلہ...؟"

ہاشم نے بات کاٹ دی:

"اب یہ قبیلہ نہیں رہا،

اب یہ میرے لیے

ایک مکمل حساب ہے۔"

ارزان خاموش ہو گیا۔

اسے صاف نظر آ رہا تھا—

یہ وہ ہاشم نہیں تھا

جو میسا کے نام پر

راتیں جاگتا تھا۔

یہ وہ ہاشم تھا

جو اب

ہر آنسو،

ہر الزام،

اور ہر ذلت

کو تول کر

واپس لینے نکلا تھا۔

گاڑی آہستہ آہستہ آگے بڑھی،

اور میخانچیوں کی حویلی

پیچھے رہ گئی۔

مگر حقیقت یہ تھی

کہ اب

وہ حویلی

ہاشم کی نظروں سے

کبھی نکلنے والی نہیں تھی۔

کیونکہ

جب مزاح اور حساب

ایک ہی دل میں اکٹھے ہو جائیں—

تو کہرام

خاموشی سے آتا ہے۔

ہاشم کا انتقام اور اسکے الفاظ

"میں بدلہ لینے نہیں نکلا،

میں حساب برابر کرنے نکلا ہوں۔

اور ہاشم بخمانشی کا حساب

ہمیشہ مکمل ہوتا ہے۔"

Chapter 47

کاغذی کارروائی

Figure 47.1

باب: کاغذ سے شروع ہونے والی جنگ

ہاشم نے جنگ کا اعلان

نہ کسی اخبار کے صفحے پر کیا تھا،

نہ کسی پریس کانفرنس میں کھڑے ہو کر چیخا تھا،

نہ کسی دروازے پر جا کر دھمکی دی تھی،

اور نہ ہی کسی دشمن کو آنکھوں میں آنکھیں ڈال کر للکارا تھا۔

اس نے صرف

ایک کام کیا تھا۔

اس نے

کاغذ اٹھایا تھا۔

اور ہاشم ہخمانشی کے ہاتھ میں

کاغذ آ جائے

تو وہ ہتھیار بن جاتا ہے۔

خاموش ابتدا

یہ سب

ایک ایسی صبح شروع ہوا

جو بظاہر عام تھی،

مگر اندر سے فیصلہ کن تھی۔

باکو ابھی پوری طرح جاگا بھی نہیں تھا۔

سڑکوں پر ہلکی دھند تھی،

چائے خانوں کے شٹر آدھے کھلے تھے،

اور شہر کی سانس

آہستہ آہستہ رفتار پکڑ رہی تھی۔

اسی وقت

ہاشم

اپنے کمرے میں

اپنی میز کے سامنے بیٹھا تھا۔

سامنے

سفید کاغذوں کا ڈھیر تھا،

دائیں طرف

موٹی موٹی فائلیں رکھی تھیں،

اور بائیں طرف

ایک قلم

جو آج کسی خط کے لیے نہیں

بلکہ کسی انجام کے لیے اٹھنا تھا۔

ہاشم کی آنکھوں میں

نیند نہیں تھی،

مگر تھکن بھی نہیں تھی۔

وہ تھکن

وہ ایک سال پہلے چھوڑ آیا تھا۔

پہلا لفظ

اس نے

سب سے پہلے

کاغذ کے اوپر

اپنا نام لکھا۔

ہاشم ہخمانشی۔

نام لکھتے ہی

اس کے ذہن میں

وہ تمام آوازیں گونج گئیں

جو اس نام کو

گالی بنا کر اچھال چکی تھیں۔

اس نے ایک لمحے کے لیے

قلم روکا،

گہری سانس لی،

اور خود سے آہستہ سے بولا:

“یہی نام

اب حساب بھی کرے گا۔”

پھر اس نے

ایک ایک کر کے

وہ تمام تاریخیں لکھنا شروع کیں

جن دنوں

اس پر الزام لگا۔

ہر وہ رات درج کی

جب نیند آنکھوں سے روٹھ گئی تھی۔

ہر وہ دن لکھا

جب لوگ نظریں چرا کر گزرے تھے۔

ہر وہ لمحہ قلم بند کیا

جب وہ بے قصور ہو کر بھی

ملزم سمجھا گیا تھا۔

یہ الفاظ جذبات نہیں تھے۔

یہ تحریری اندراجات تھے۔

یہ چیخیں نہیں تھیں۔

یہ ثبوت تھے۔

مقدمے کی ساخت

ہاشم جانتا تھا

کہ اگر وہ

ایک ہی مقدمہ دائر کرے گا

تو یہ لوگ

اسے معمولی سمجھ لیں گے۔

وہ جانتا تھا

کہ بڑے زخم

اکٹھے کرنے سے

اثر کم ہو جاتا ہے۔

اس لیے

اس نے ہر زخم کو

الگ نام دیا۔

پہلا مقدمہ

جھوٹے الزامات پر۔

دوسرا مقدمہ

ذہنی اذیت اور نفسیاتی نقصان پر۔

تیسرا مقدمہ

جان کو لاحق خطرات

اور دھمکیوں پر۔

چوتھا مقدمہ

اس ایک سال پر

جو اس کی زندگی سے

چوری ہو چکا تھا۔

وہ ایک سال

جو تعلیم کا تھا،

جو کیریئر کی بنیاد تھا،

جو ایک نوجوان وکیل کے خواب کا تھا۔

وہ سال

جو داغ بن کر گزر گیا تھا۔

ہر مقدمہ

اپنی جگہ مکمل تھا،

مگر سب کا مقصد ایک تھا—

حساب۔

ثبوت کی دیوار

ہاشم نے

کسی بات کو

یادداشت کے رحم و کرم پر نہیں چھوڑا۔

اس نے فون ریکارڈ نکلوائے۔

پیغامات کی تاریخیں درج کیں۔

کالز کے اوقات لکھے۔

اور ہر اس شخص کا نام شامل کیا

جو اس وقت

اس کے قریب تھا۔

جو دوست

اس کے ساتھ بیٹھ کر

خاموشی بانٹتے تھے،

آج وہ

قانونی گواہ بن چکے تھے۔

ہر شخص نے

وہی لکھا

جو اس نے دیکھا تھا۔

وہی کہا

جو اس نے سنا تھا۔

اور وہی تسلیم کیا

جو اس وقت ہوا تھا۔

یہ بیانات

کوئی کہانی نہیں تھے۔

یہ دروازے تھے

جو ایک ایک کر کے

بند ہو رہے تھے۔

وکالت ناموں کی چال

پھر آیا

وہ مرحلہ

جس کا اندازہ

میخانچیوں نے

خواب میں بھی نہیں لگایا تھا۔

ہاشم نے

ہر مقدمے کے لیے

الگ وکالت نامہ تیار کیا۔

ہر کاغذ پر

الگ نام تھا۔

الگ ذمہ داری تھی۔

الگ قانونی پہرہ تھا۔

یوں

ایک مقدمہ نہیں،

ایک قطار کھڑی ہو گئی۔

یوں لگ رہا تھا

جیسے عدالت کے

ہر دروازے پر

ہاشم نے

ایک محافظ بٹھا دیا ہو۔

عدالت کی پہلی گونج

درخواستیں

ایک ساتھ داخل نہیں کی گئیں۔

ہاشم نے

جان بوجھ کر

ہر دن الگ رکھا۔

ایک دن

ایک مقدمہ۔

اگلے دن

دوسرا۔

پھر تیسرا۔

ہر دن

میخانچیوں کے لیے

نیا جھٹکا تھا۔

عدالت کے ریکارڈ میں

ایک ہی نام

—بار بار ابھر رہا تھا

ہاشم ہخمانشی۔

وہ نام

جو کبھی الزام تھا،

اب سوال بن چکا تھا۔

الٹا وار

سب سے کاری وار

اسی پرانے الزام پر ہوا

جسے کبھی

میخانچیوں نے

ہاشم کے خلاف استعمال کیا تھا۔

وہی الزام

اب پلٹ چکا تھا۔

وہی کہانی

اب ثبوت بن چکی تھی۔

وہی زبان

جو کبھی زہر اگلتی تھی،

آج کٹہرے میں

لرز رہی تھی۔

جو لوگ

کبھی تماشائی تھے،

آج گواہ بن چکے تھے۔

یہ وہ لمحہ تھا

جب قانونی جال

مکمل ہو چکا تھا۔

ہاشم کی آواز

اسی دن

کمرے میں تنہا بیٹھ کر

ہاشم نے خود سے کہا:

"میں انصاف مانگنے نہیں آیا،

میں حساب لینے آیا ہوں۔

اور حساب ہمیشہ خاموشی سے پورا ہوتا ہے۔"

خاموش انجام کی طرف

ہاشم نے

کسی کو خبر نہیں دی۔

نہ خاندان کو،

نہ دوستوں کو۔

وہ جانتا تھا

کہ جب خبر پھیلے گی

تو بہت دیر ہو چکی ہو گی۔

یہ جنگ

نعروں سے نہیں،

کاغذ سے لڑی جا رہی تھی۔

یہ لڑائی

ہاتھوں سے نہیں،

قلم سے لڑی جا رہی تھی۔

اختتام

وہ شام

ہاشم نے

کوئی جشن نہیں منایا۔

بس

فائل بند کی،

قلم رکھا،

اور آہستہ سے کہا:

"اب تمہاری باری ہے۔"

عدالت کے ریکارڈ میں

نام درج ہو چکا تھا۔

اور جو چیز

—قانون میں درج ہو جائے

وہ

،نہ بھولی جاتی ہے

نہ مٹتی ہے۔

یہ جنگ

اب شروع ہو چکی تھی۔

اور اس جنگ میں

ہاشم بخمانشی

—خاموش تھا

مگر فیصلہ کن تھا۔

Chapter 48

انتظار کا جنازہ

Figure 48.1

عدالت اس دن غیر معمولی طور پر بھری ہوئی تھی۔

یہ کوئی قتل کا مقدمہ نہیں تھا،

نہ زمین، جائیداد یا طاقت کی لڑائی۔

یہ مقدمہ

ایک انسان کے خلاف بھی نہیں تھا۔

یہ مقدمہ

ایک خیال کے خلاف تھا۔

وہ خیال

جس نے نسلوں کو یہ سکھایا تھا

کہ انتظار نجات ہے

اور عشق عبادت۔

عدالت کا منظر

جج اپنی کرسی پر بیٹھا تھا۔

سامنے فائلوں کے انبار تھے،

اور درمیان میں

ایک موٹی کتاب

جس کا سرورق

خاموشی سے چیخ رہا تھا۔

کاملِ مقدس

تحریر: امیرہ حمداو

یہ کتاب

صرف کاغذ نہیں تھی،

یہ ایک نظریہ تھی

جو برسوں سے

اذہان پر مسلط تھا۔

ہاشم ہخمانشی

خاموشی سے کھڑا تھا۔

نہ اس کے چہرے پر جذبات کا شور تھا،

نہ ہیرو بننے کی خواہش۔

بس ایک چیز تھی —

یقین۔

اس کے ساتھ

جہانگیر کھڑا تھا،

چہرے پر وہی ہلکی سی مسکراہٹ

جو ہمیشہ

طوفان سے پہلے آتی ہے۔

پہلا وار: کتاب

ہاشم نے کتاب اٹھائی۔

اور پہلی بار

عدالت میں

عشق کو

ثبوت کے طور پر پیش کیا گیا۔

ہاشم نے جج کی طرف دیکھا اور بولا:

"جنابِ والا،

یہ کتاب

ہمارے معاشرے میں

نیکی، صبر اور نجات کی علامت سمجھی جاتی ہے۔

لیکن آج

میں اسے

اخلاق کے نہیں،

نتیجے کے ترازو میں رکھنا چاہتا ہوں۔"

جج نے سر ہلایا۔

"بولیے۔"

سرکند ایلدار — ایک کردار، ایک بیماری

ہاشم نے کتاب کھولی۔

“اس کتاب کا مرکزی کردار —

سرکند ایلدار

غیر معمولی ذہانت رکھنے والا نوجوان ہے۔”

وہ لمحہ بھر رکا۔

“لیکن یہی ذہانت

جب عقل اور ذمہ داری سے الگ ہو جائے

تو فضیلت نہیں رہتی،

بیماری بن جاتی ہے۔”

جہانگیر نے فوراً کہا:

“جنابِ والا،

یہ وہ واحد مریض ہے

جو ذہانت میں اوّل

”اور زندگی میں ناکام ہوتا ہے۔

عدالت میں

ہلکی سی سرگوشی پھیلی۔

پہلا اقتباس

ہاشم نے پڑھا:

«میں نے خود کو اس انتظار کے قابل بنایا ہے»

پھر کتاب بند کر دی۔

“جنابِ والا،

یہ جملہ خوبصورت ہے،

مگر خطرناک۔

کیونکہ

اگر انتظار نجات ہوتا

تو قبرستان دنیا کی سب سے کامیاب جگہ ہوتا۔"

عدالت پر

خاموشی چھا گئی۔

دوسرا اقتباس

«محبت انسان کو کامل بنا دیتی ہے»

ہاشم کے لبوں پر ہلکی سی مسکراہٹ آئی۔

"عقل کے بغیر عشق

جہالت ہے۔

اور

جب جہالت کو

خوبصورت الفاظ میں لپیٹ دیا جائے

تو وہ

قوموں کو کھا جاتی ہے۔"

جہانگیر کا طنز

جہانگیر نے فائل کھولی:

"جنابِ والا،

سرکند ایلدار

سات سال انتظار کرتا ہے۔"

وہ رکا۔

"ان سات برسوں میں

نہ وہ کسی ناانصافی کے خلاف کھڑا ہوتا ہے،

،نہ کوئی نظام بدلتا ہے

نہ کسی کمزور کے لیے آواز بنتا ہے۔

وہ بس

”ایک عورت کا انتظار کرتا ہے۔

:پھر مسکرا کر بولا

،ہم اسے عشق کہتے ہیں“

دنیا اسے

”احساسی مفلوجی کہتی ہے۔

تیسرا اقتباس

«میں نے ہر گناہ چھوڑ دیا تھا»

:ہاشم فوراً بولا

لیکن“

”زندگی بھی چھوڑ دی تھی۔

چوتھا اقتباس

«وہ آئے گی تو سب ٹھیک ہو جائے گا»

ہاشم نے جج کی آنکھوں میں دیکھتے ہوئے کہا:

“جنابِ والا،

یہ فلسفہ

انسان کو ذمہ داری سے

فرار سکھاتا ہے۔

یہ سوچ

قوموں کو سڑکوں پر

بڑھا دیتی ہے۔"

مذہب کا غلط استعمال

ہاشم نے گہری سانس لی:

"میں یہ واضح کرنا چاہتا ہوں۔

میں انکار نہیں کرتا

کہ انسان نماز پڑھ سکتا ہے،

روزے رکھ سکتا ہے،

ذکر کر سکتا ہے۔

میں خود

نمازی ہوں،

میں بھی روزے رکھتا ہوں۔

لیکن

محبت کو فرض بنا دینا

اور فرض کو محبت کے تابع کر دینا

”دین نہیں، خواہش ہے۔

عدالت میں

سناٹا چھا گیا۔

پانچواں اقتباس

«میں اس کے بغیر کچھ نہیں»

ہاشم کا جواب مختصر تھا:

”اور یہی غلامی ہے۔“

جہانگیر کا کاری جملہ

جہانگیر نے کہا:

“جنابِ والا،

سرکند ایلدار کہتا ہے:

‘تم ہو تو میں ہوں’”

وہ ہنسا۔

“ریاستیں

اس جملے پر نہیں بنتیں۔”

چھٹا اقتباس

«میں نے خود کو روک لیا»

ہاشم کا لہجہ سخت ہو گیا:

“خود کو روکنا

تقویٰ نہیں

بزدلی ہے،

جب اس کا مقصد

کسی ایک انسان کی واپسی ہو۔”

ساتواں اقتباس

«یہ انتظار عبادت ہے»

ہاشم نے کتاب میز پر رکھ دی:

“عبادت وہ ہوتی ہے

جو انسان کو حرکت دے۔

یہ انتظار

انسان کو

جمود میں بدل دیتا ہے۔"

آٹھواں اقتباس

«میں نے سب کچھ چھوڑ دیا»

ہاشم فوراً بولا:

"اور یہی جرم ہے۔"

نواں اقتباس

«میں نے وقت کو روک دیا»

جہانگیر نے کہا:

“وقت

کبھی کسی کا انتظار نہیں کرتا۔”

دسواں اقتباس — آخری وار

«محبت ہی نجات ہے»

ہاشم سیدھا کھڑا ہوا:

“نجات

قانون سے ہوتی ہے،

کردار سے ہوتی ہے،

ذمہ داری سے ہوتی ہے۔

محبت

اگر عقل کے تابع نہ ہو

تو نجات نہیں

تباہی ہے۔"

ہاشم کا حتمی بیان

"جنابِ والا،

سرکند ایلدار کو

محبت

مصنف نے دی ہے۔

حقیقت میں

کوئی باشعور انسان

یہ نہیں کہتا کہ:

میں عبادت کرتا ہوں،

میں فرائض ادا کرتا ہوں،

اس لیے

کسی ایک انسان کا مجھے ملنا

میرا حق ہے۔”

جہانگیر نے کہا:

“یہ عشق نہیں،

جذباتی جبر ہے۔”

ہاشم کا حوصلہ بخش قول

ہاشم نے آخری بار کتاب بند کی اور کہا:

“میں اس عشق کے خلاف ہوں

جو انسان کو معطل کر دے۔

میں اس انتظار کے خلاف ہوں

جو انسان کو بے حرکت بنا دے۔

میں اس فکر کے خلاف ہوں

جو عقل کو قربان کر کے

خواب کو خدا بنا دے۔”

اختتام

عدالت خاموش تھی۔

کتاب بند تھی۔

اور ایک نظریہ

آج

عدالتی ریکارڈ میں

دفن ہو چکا تھا۔

یہ مقدمہ

محبت کے خلاف نہیں تھا۔

یہ مقدمہ

محبت کے نام پر

بیوقوفی کے خلاف تھا۔

اور اس دن

انتظار کا جنازہ

قانونی طور پر

اٹھ چکا تھا۔

Chapter 49

کٹھرے میں خاموشی

Figure 49.1

عدالت اُس دن پہلے سے کہیں زیادہ بھری ہوئی تھی۔

یہ وہ سماعت نہیں تھی جہاں صرف قانون بولتا ہے،

یہ وہ لمحہ تھا جہاں ماضی، الزام، محبت، غرور

اور سچ

سب ایک ہی کمرے میں جمع تھے۔

اور سب سے بڑھ کر—

یہ وہ دن تھا

جب میسا،

جو برسوں سے

کہانیوں میں، الزامات میں

اور خبروں کے سائے میں زندہ تھی،

آج

قانون کے سامنے

بطور جواب دہ کھڑی ہونے والی تھی۔

عدالت کی دیواریں خاموش تھیں،

مگر ہوا میں

ایک بوجھ تھا—

ایسا بوجھ

جو صرف الفاظ سے نہیں،

کرداروں سے پیدا ہوتا ہے۔

میسا کی آمد

دروازہ کھلا۔

اور عدالت میں

ایک ہلچل سی مچ گئی۔

یہ ہلچل

کسی شور کی محتاج نہیں تھی،

یہ وہ خاموش اضطراب تھا

جو اُس وقت پیدا ہوتا ہے

جب کوئی کردار

کہانی سے نکل کر

قانون کے سامنے آ کھڑا ہو۔

میسا اندر داخل ہوئی۔

سادہ لباس،

چہرے پر کوئی بناوٹ نہیں،

مگر آنکھوں میں وہی پرانا غرور

جو کبھی

ہاشم کو خاموش کر دیا کرتا تھا،

اور مکھانچی خاندان کو

یہ یقین دلاتا تھا

کہ الزام

ہمیشہ طاقتور ہوتا ہے۔

وہ سیدھی چلتی ہوئی

کٹہرے کے قریب آ کر رکی۔

نہ نظریں جھکیں،

نہ ہاتھ کانپے۔

یہ وہی میسا تھی

جو خود کو مظلوم سمجھتی رہی،

اور اب

اپنے ہی بیانات کے بوجھ تلے

کھڑی تھی۔

پہلی نظر

ہاشم نے

اسے دیکھنے کے لیے

سر نہیں اٹھایا۔

وہ پہلے ہی

فائل کھول چکا تھا۔

فائل میں

صرف کاغذ نہیں تھے،

بلکہ وہ تمام لمحے تھے

جنہیں مکھانچی خاندان نے

بیانیے میں بدلنے کی کوشش کی تھی۔

جہانگیر نے آہستہ سے

اس کے قریب ہو کر کہا:

“وہ آ گئی ہے۔”

ہاشم نے بغیر دیکھے

صرف اتنا کہا:

“وہ تو شروع ہی سے

اس مقدمے میں موجود تھی۔”

یہ جملہ

کسی طنز کے لیے نہیں تھا،

یہ ایک حقیقت تھی۔

عدالت کی ہدایت

جج نے ہتھوڑی بجائی۔

“فریقِ جواب دہ

اپنا نام اور حیثیت بتائیے۔”

میسا کی آواز

پہلی مرتبہ

عدالت میں گونجی:

"میسا میخانچی۔"

میں مدعی کے خلاف

"سابقہ تحریری بیان دینے والی فریق ہوں۔"

یہ نام

میسا کا نہیں تھا،

یہ پورے مکھانچی خاندان کا تعارف تھا۔

جج نے فائل الٹی۔

"آپ نے عدالت کے سامنے

ہاشم ہخمانشی کے خلاف

تحریری بیان جمع کرایا

جس میں

اخلاقی، ذہنی

اور ذاتی نوعیت کے الزامات شامل تھے۔"

میسا نے سر ہلایا:

"جی۔"

ہاشم کا اٹھنا

یہ پہلا موقع تھا

جب ہاشم

کھڑا ہوا۔

نہ غصہ، نہ طعنہ

نہ کسی قسم کی جذباتی حرکت۔

صرف

ایک گہرا ٹھہراؤ۔

"جنابِ والا،

میں آج

ایسے سوالات نہیں پوچھوں گا

جو الزام لگانے والا پوچھتا ہے۔"

عدالت میں

ہلکی سی سرگوشی پھیل گئی۔

"میں صرف

وہ سوال پوچھوں گا

جو سچ پوچھتا ہے۔"

پہلا سوال

ہاشم نے کاغذ اٹھایا:

"میسا،

کیا یہ درست ہے

کہ آپ نے

گھر چھوڑنے سے ایک رات پہلے

یہ تحریری بیان دیا تھا

کہ:

ہاشم بخمانشی'

میرے لیے

"ذہنی خطرہ بن چکا ہے'؟

میسا نے

چند لمحوں کے توقف کے بعد کہا:

"جی۔"

ہاشم کا لہجہ

بدلا نہیں:

"کیا آپ

اس بیان کے ساتھ

کوئی طبی رپورٹ،

یا کسی تیسرے فرد کی

تحریری یا زبانی گواہی

عدالت میں پیش کر سکتی ہیں؟"

خاموشی۔

یہ خاموشی

عدالت کی نہیں تھی،

یہ الزام کی تھی۔

میسا نے نظریں جھکا لیں:

"نہیں۔"

جہانگیر کا وار

جہانگیر فوراً بولا:

"جنابِ والا،

تو یہ بیان

کسی ثبوت پر نہیں،

صرف ایک احساس پر مبنی تھا؟"

میسا نے جھنجھلا کر کہا:

"احساس بھی حقیقت ہوتا ہے!"

جہانگیر نے

بغیر آواز بلند کیے کہا:

"قانون میں نہیں،

محترمہ۔"

اغوا کا الزام — مکھانچی خاندان کا بیانیہ

ہاشم نے ایک اور فائل کھولی۔

یہ وہ لمحہ تھا

جب کمرۂ عدالت میں

مکھانچی خاندان کا نام

پہلی بار

براہِ راست آیا۔

”جنابِ والا،

اسی بیان کے تسلسل میں

مکھانچی خاندان نے

یہ الزام بھی عائد کیا

کہ میں نے

میسا کو اغوا کیا۔“

عدالت میں

کھسر پھسر ہونے لگی۔

یہ الزام

صرف ایک شخص پر نہیں تھا،

یہ پورے خاندان کی

اخلاقی حکمتِ عملی تھی۔

ہاشم نے

صاف اور پُرسکون لہجے میں کہا:

”جبکہ عدالت کے ریکارڈ میں موجود

سفر کی تفصیلات،

گواہوں کے بیانات،

اور میسا کے اپنے تحریری پیغامات

یہ ثابت کرتے ہیں

کہ وہ

اپنے گھر سے

خود نکلی تھی۔

نہ زبردستی،

نہ اغوا،

نہ دباؤ۔

جب بیانیہ کمزور پڑ جائے

تو

الزام

”سب سے آسان ہتھیار بن جاتا ہے۔

یہ جملہ

مکھانچی خاندان کے لیے تھا،

میسا کے لیے نہیں۔

دوسرا سوال

ہاشم نے دوسرا کاغذ اٹھایا

"آپ نے یہ بھی لکھا"

کہ میں

آپ کو

"زندگی میں آگے بڑھنے سے روک رہا تھا۔"

اس بار

ہاشم نے نگاہ اٹھا کر کہا:

"براہِ کرم عدالت کو بتائیے،

کون سا قدم

"میں نے آپ کے لیے روکا؟"

"تعلیم؟"

ہاشم نے پوچھا۔

"سفر؟"

"یا شادی؟"

میسا کے پاس

کوئی واضح جواب نہ تھا۔

جج کی مداخلت

جج نے قدرے سخت لہجے میں کہا:

"فریقِ جواب دہ،

"سوال کا واضح جواب دیجیے۔"

میسا نے آہستہ کہا:

"میں خود کو

دباؤ میں محسوس کرتی تھی۔"

ہاشم نے فوراً کہا:

"دباؤ

یا ذمہ داری؟"

یہ سوال

صرف میسا سے نہیں تھا،

یہ اس خاندان سے تھا

جو ہمیشہ

ذمہ داری کو

دباؤ کہتا آیا تھا۔

ہاشم کا فیصلہ کن بیان

ہاشم نے فائل بند کی۔

"جنابِ والا،

یہاں

کوئی ظلم ثابت نہیں ہو رہا،

یہاں

ایک عورت کی

بے یقینی ثابت ہو رہی ہے۔

اور بے یقینی

جب خاندانوں کے ذریعے

الزام میں بدلی جائے

تو

وہ انصاف نہیں،

انتقام بن جاتی ہے۔”

میسا نے پہلی بار

ہاشم کی طرف دیکھا۔

ان آنکھوں میں

نہ محبت تھی،

نہ نفرت—

صرف اجنبیت۔

پرانا بیان

جہانگیر نے آخری کاغذ اٹھایا:

“محترمہ،

آپ نے یہ بھی تحریر کیا تھا:

‘میں نے ہاشم کو چھوڑا

کیونکہ وہ

’’میرے معیار پر پورا نہیں اترتا تھا

جہانگیر نے جج کی طرف دیکھ کر کہا:

کیا معیار“

قانون میں

”جرم کے زمرے میں آتا ہے؟

میسا خاموش رہی۔

عدالت کا وزن

جج نے گہری سانس لی:

عدالت اس امر کا نوٹس لیتی ہے“

کہ الزام

اگر ثبوت سے خالی ہو

تو

صرف بیانیہ رہ جاتا ہے۔

اور بیانیہ

جب کسی انسان کی

زندگی، عزت

اور مستقبل کو نقصان پہنچائے

تو

وہ خود

قابلِ گرفت بن جاتا ہے۔"

میسا کے چہرے کا رنگ

بدلنے لگا۔

ہاشم کا آخری سوال

ہاشم نے آخری مرتبہ

میسا کی طرف دیکھا:

"ایک سوال،

صرف ایک۔"

"کیا آپ

آج بھی

یقین کے ساتھ

یہ کہتی ہیں

کہ میں نے

آپ کے ساتھ

ناانصافی کی؟"

چند لمحے گزرے۔

پھر

میسا نے آہستہ کہا:

"میں

یقین کے ساتھ

”نہیں کہہ سکتی۔

ہاشم کا قول

الزام“

جب یقین کے بغیر لگایا جائے

تو سچ نہیں رہتا۔

اور سچ کے بغیر

محبت بھی

”جھوٹ بن جاتی ہے۔

اختتام

عدالت خاموش تھی۔

میسا

اب محض

ایک کہانی نہیں رہی تھی

وہ

اپنے ہی بیانات کے سامنے

کھڑی تھی۔

اور ہاشم؟

وہ واپس اپنی نشست پر بیٹھ چکا تھا۔

جیسے کہہ رہا ہو

اب بولنے کی باری

قانون کی ہے۔

اور یہ ابھی

اختتام نہیں تھا۔

یہ تو صرف

آمنے سامنے ہونے کی

شروعات تھی۔

Chapter 50

عدالتی فیصلے کے بعد

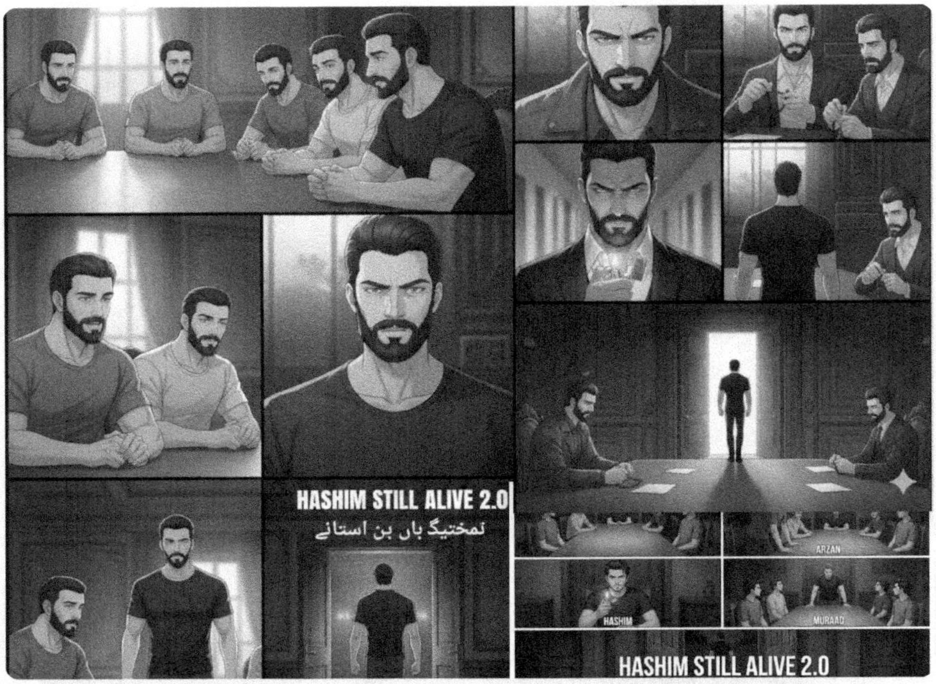

Figure 50.1

بخمانشی حویلی کی وہ رات

کسی فتح کی خوشی جیسی نہیں تھی۔

،نہ چراغاں تھا

،نہ قہقہے

نہ مبارک بادوں کا شور۔

یہ وہ رات تھی

جو کسی جنگ کے بعد آتی ہے،

جہاں دشمن زمین پر پڑا ہوتا ہے

مگر تلوار ابھی ہاتھ میں رہتی ہے۔

لمبی میز کے گرد

ارزان، جہانگیر، امیر، مراد، شاہان

خاموش بیٹھے تھے۔

سب جانتے تھے

کہ عدالت کا فیصلہ

ہاشم کے حق میں آ چکا ہے۔

ہرجانہ، نقصانات، عزت کی بحالی،

سب کچھ کاغذ پر

ہاشم کے نام لکھا جا چکا تھا۔

پھر بھی

کمرے میں خاموشی تھی۔

ایسی خاموشی

جو جیت کے بعد نہیں ہوتی،

ایسی خاموشی

جو آنے والے طوفان کو پہچان لیتی ہے۔

آخر ارزان نے ہمت کی۔

اس نے بےساختہ کہا:

"کیا ہوا ہاشم بھائی؟

نماز تو ہم سب نے پڑھ لی ہے،

تم نے خاصا وقت لگا دیا۔

لگتا ہے دعائیں مانگ رہے تھے،

میسا بھی تمہارے حق میں بولے کچھ ۔

فیصلہ ہمارے حق میں ہے،

میخانچی قانونی طور پر ٹوٹ چکے ہیں،

پھر یہ خاموشی کیوں؟

"یہ منہ پھلایا ہوا کیوں ہے؟

ہاشم نے آہستہ سے سر اٹھایا۔

چہرے پر کوئی مسکراہٹ نہیں تھی،

بس آنکھوں میں ایک گہری سنجیدگی تھی

جیسے کسی فیصلے کے بعد

ایک اور فیصلہ باقی ہو۔

اس نے ٹھہرے ہوئے لہجے میں کہا:

"ارزان،

میں نماز اس لیے نہیں پڑھتا

کہ اپنی ذمہ داریاں تقدیر کے کھاتے میں ڈال دوں۔

سجدہ رب کا حق ہے،

اور اپنے حق کے لیے لڑنا

میرا اپنا فرض۔

مدد تب آتی ہے

جب انسان

”عمل کی حد پار کر لیتا ہے۔

پھر وہ ذرا سیدھا ہوا،

اور اس کی آواز میں عدالت اتر آئی:

“وہ خاموشی

جو عقل کو ڈھانپ دے

میرے نزدیک

”عبادت نہیں، جرم ہے۔

کمرہ اور زیادہ سنّاٹے میں ڈوب گیا۔

ہاشم نے بات آگے بڑھائی:

“جیت وہ ہوتی ہے

جس کے بعد دشمن سوچے،

اور خاموشی وہ ہوتی ہے

”جس کے بعد دشمن ڈرے۔

جہانگیر نے خاموشی توڑتے ہوئے کہا:

"میخانچیوں کی ساکھ ختم ہو چکی ہے،

عدالت نے انہیں جھوٹا قرار دے دیا ہے،

اب خطرہ کس بات کا ہے؟"

ہاشم نے کرسی سے ٹیک ہٹائی۔

آنکھوں میں ٹھہراؤ تھا،

اور لہجے میں تجربے کی سختی۔

"جو صرف ساکھ پر جیتا ہو

وہ ہار جاتا ہے،

اور جو اقتدار پر جیتا ہو

وہ بدلہ لیتا ہے۔"

مراد نے بےچینی سے پوچھا:

"تو کیا یہ انجام نہیں تھا؟"

ہاشم نے آہستہ سر ہلایا۔

"انجام وہ ہوتا ہے

جہاں راستے ختم ہوں،

یہاں تو ابھی

راستے میرے نام سے

بند ہونا شروع ہوئے ہیں۔"

پھر اس نے مراد کی آنکھوں میں دیکھ کر کہا:

"جو حق کے لیے کھڑا نہ ہو

وہ بس اپنی بزدلی کو

تقدیر بنا لیتا ہے۔"

امیر نے دھیمی آواز میں کہا:

"شہر میں باتیں پھیل رہی ہیں،

کہ تم نے حد پار کر دی ہے۔"

ہاشم کا جواب فوراً آیا:

"حد وہ بناتا ہے

جس کے پاس دلیل نہیں ہوتی،

سچ کبھی

حد میں قید نہیں ہوتا۔"

ارزان نے کھڑکی سے باہر دیکھتے ہوئے کہا:

"لوگ اب تمہارا نام

”خوف سے لیتے ہیں۔

:ہاشم نے پلٹ کر جواب دیا

خوف اس دن پیدا ہوتا ہے“

جب لوگ سمجھ جائیں

کہ اب کسی کے صبر کو

”خاموشی نہیں سمجھا جائے گا۔

:وہ لمحہ بھر رکا، پھر بولا

میں اس خاموشی کو صبر نہیں مانتا“

جو ظلم کے قدموں سے

”کانٹے ہٹا دے۔

:جہانگیر نے ہلکی سی مسکراہٹ کے ساتھ کہا

کچھ لوگ اب بھی کہتے ہیں"

"خاموشی سب سے بڑی طاقت ہے۔

ہاشم کی آواز میں فولاد اتر آیا:

خاموشی تب طاقت ہوتی ہے"

جب اس کے پیچھے عمل کھڑا ہو،

ورنہ خاموشی

"بزدلی کا مہذبی نام ہے۔

مراد نے سوال کیا:

اور وہ جو کہتے ہیں"

"انتظار عبادت ہے؟

ہاشم نے بغیر رکے کہا:

جو انتظار انسان کو روکے“

اسے عبادت کہنا دراصل

”غلامی کو فضیلت دینا ہے۔

:امیر نے آخری سوال کیا

پھر محبت؟“

”لوگ اسے سب کچھ کہتے ہیں۔

:ہاشم نے سب کی آنکھوں میں دیکھ کر کہا

عشق اگر عقل چھین لے“

،تو وہ عبادت نہیں، جہالت ہے

اور جہالت کا عبادت سے

”کوئی تعلق نہیں۔

کمرے میں اب خاموشی نہیں تھی۔

کمرے میں سمجھ اتر چکی تھی۔

میخانچی ہار چکے تھے،

مگر ان کی تباہی

صرف عدالت تک محدود نہیں تھی۔

ان کا مذہبی لبادہ،

ان کا قومی نعرہ،

ان کی عورتوں کے آنسوؤں سے بنی سیاست

سب ننگی ہو چکی تھی۔

قوم پرست نعرے

کاغذوں میں دفن ہو گئے تھے،

مذہبی درباری

حلف ناموں میں جھوٹے ثابت ہو چکے تھے،

اور عشق کے نام پر سودا کرنے والے

بیانات کے بوجھ تلے خاموش تھے۔

ہاشم کھڑا ہوا۔

یہ تقریر نہیں تھی،

یہ اعلان تھا۔

“میں نے یہ مقدمہ

کسی خاندان کے خلاف نہیں لڑا،

میں نے یہ مقدمہ

اس سوچ کے خلاف لڑا ہے

جو ظلم کو صبر کہتی ہے،

بزدلی کو تقدیر،

”اور عقل کے قتل کو عشق۔

پھر اس نے وہ جملہ کہا

جو اس رات کی پہچان بن گیا:

“جو عقل کو قربان کر کے عشق کرے

وہ خود کو بھی ہار دیتا ہے،

اور جو خود کو ہار دے

وہ کسی کو نہیں جیت سکتا۔”

دروازے کی طرف بڑھتے ہوئے

ہاشم کے آخری الفاظ گونجے:

“ہاشم ختم نہیں ہوا۔

ہاشم اب بھی زندہ ہے۔”

دروازہ بند ہوا۔

اور سیزن اوّل

خاموشی میں

اپنی آخری سانس لے چکا تھا۔

ہاشم بخمانشی کہ الفاظ انتظار کریں باب ختم نہیں ہوا

ہاشم ابھی بھی زندہ ہے 2.0

Hashim Still Alive

“میں حق کے لیے لڑتا ہوں

اس لیے نہیں کہ جیت یقینی ہو،

بلکہ اس لیے

کہ خاموشی کا جواز باقی نہ رہے۔”

Subject & Conclusion

“تم نے سمجھا کہ عدالت کے بعد سب ختم ہو گیا؟”

نہیں...
عدالت نے تو صرف فیصلہ سنایا تھا،
میرا فیصلہ ابھی باقی ہے۔
نام مٹ سکتے ہیں،
الزام دفن ہو سکتے ہیں،
مگر جو نظم بن جائے —

وہ مرا نہیں کرتا۔
یاد رکھنا...
ہاشم ختم نہیں ہوا،
ہاشم... ابھی زندہ ہے۔"

انتظار کریں ہاشم ابھی زندہ ہے

You thought it ended after the court's verdict?
No...
The court only delivered its judgment.
My decision is still pending.
Names can be erased.
Accusations can be buried.
But when a man becomes order—
he does not die.
Remember this...
Hashim is not finished.
Hashim... is still alive."

Await the next chapter.
Hashim Still Alive.

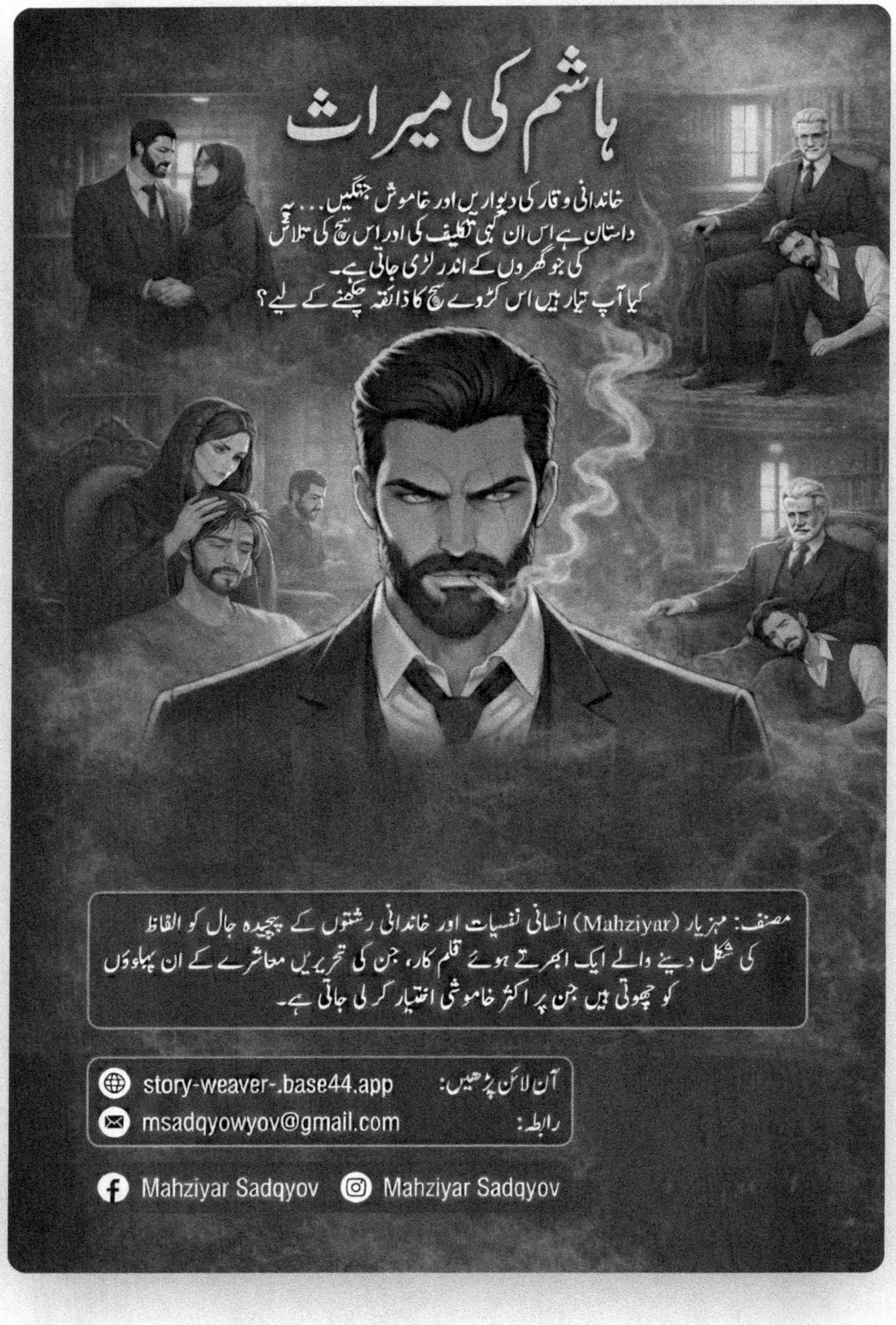

ہاشم کی میراث
خاندانی وقار کی دیواریں اور خاموش جنگیں... یہ
داستان ہے اس ان کہی تکلیف کی اور اس سچ کی تلاش
کی جو گھروں کے اندر لڑی جاتی ہے۔
کیا آپ تیار ہیں اس کڑوے سچ کا ذائقہ چکھنے کے لیے؟
مصنف: مہزیار (Mahziyar) انسانی نفسیات اور خاندانی رشتوں کے پیچیدہ جال کو الفاظ
کی شکل دینے والے ایک ابھرتے ہوئے قلم کار، جن کی تحریریں معاشرے کے ان پہلوؤں
کو چھوتی ہیں جن پر اکثر خاموشی اختیار کر لی جاتی ہے۔
آن لائن پڑھیں: story-weaver-.base44.app
رابطہ: msadqyowyov@gmail.com
Mahziyar Sadqyov
Mahziyar Sadqyov

Thank you for reading this ماتكا قول Manga Novel

For inquiries: contact@novelverse.com

www.ingramcontent.com/pod-product-compliance
Lightning Source LLC
LaVergne TN
LVHW082025051026
849532LV00011B/3269
* 9 7 9 8 2 3 2 6 2 0 3 1 8 *